CB019508

A COMÉDIA DOS ANJOS

ADRIANA FALCÃO

A COMÉDIA DOS ANJOS

Ilustrações de Weberson Santiago

SALAMANDRA

Coordenação editorial
Lenice Bueno da Silva

Assistência editorial
Rita de Cássia da Cruz Silva

Edição de arte
Camila Fiorenza Crispino

Capa e ilustrações
Weberson Santiago

Revisão
Nancy Helena Dias

Saída de Filmes
Helio P. de Souza Filho, Marcio Hideyuki Kamoto

Impressão
PSP Digital

Lote
289611

Dados Internacionais de Catalogação na Publicação (CIP)
(Câmara Brasileira do Livro, SP, Brasil)

Falcão, Adriana
    A comédia dos anjos / Adriana Falcão ;
[ilustrações de Weberson Santiago]. -- 2. ed. --
São Paulo : Moderna, 2010.

    ISBN 978-85-16-06686-4

    1. Ficção brasileira I. Santiago, Weberson.
II. Título.

10-05394   CDD-869.93

Índices para catálogo sistemático:
1. Ficção : Literatura brasileira 869.93

Para Tatiana,
que é bem neta
da minha mãe.

Apesar de todas as controvérsias a respeito do caso, isto está praticamente comprovado: quando Maria Madalena Teresa de Jesus Rita de Cássia Santana acordou morta, naquela manhã de maio de 1958, a janela do seu quarto exibia uma pequena amostra, cerca de dois ou três metros quadrados, da forte tempestade que caía lá fora.

Consta que a chuva começou lá pelas quatro da madrugada e durou o dia inteiro, fenômeno causado pela chegada da primeira frente fria do outono.

As nuvens mais carregadas não encontraram outra opção senão despejar no solo descargas elétricas acompanhadas de relâmpagos e trovões.

Raios partiram.

Casas caíram.

Telhados se foram pelos ares.

Ruas se sentiram rios.

Rios experimentaram um entusiasmo diferente, bem mais apropriado ao acidente geográfico da família das cascatas.

Muitos guarda-chuvas se abriram, crentes, talvez, que eram flores, já que não é característica de guarda-chuva ter conhecimento de que só se abre porque é aberto.

A palavra "tempestade" foi citada em quase todas as versões da história, ora em alusão a algo que servisse para comprovar uma afirmação, ora como simples comentário.

Os depoimentos divergem em alguns pontos, mas há que se levar em consideração o estado emocional dos depoentes.

Edith, 24 anos, natural do Rio de Janeiro, desquitada, acordou com uma trovoada, "ali pelas nove e dez".

Pulou da cama.

Enquanto se vestia, segundo afirmou, se perguntou: "por que será que a mamãe não me chamou às oito e meia?".

Deduziu que dona Madalena talvez estivesse especialmente atacada naquele dia, preocupada em acalentar preocupações, o que era bem do seu feitio.

Não lhe passou pela cabeça que tivesse acontecido algo mais grave do que isso.

Pôs-se a conferir no pensamento a ordem das coisas

Dia da semana: segunda.

Obrigações daquela segunda: terminar a carta que estava escrevendo para Marcelo há meses, tentando explicar por que queria terminar o namoro.

"De hoje não passa", prometeu a si mesma.

"E se eu deixasse para a semana que vem?", a "outra" propôs.

Desde criança se sentia assim, como se existissem duas Ediths: "ela" e "a outra".

A questão era que nem ela nem a outra eram dotadas de um pingo de autoconfiança; viviam alternando seus papéis, a ponto de Edith não saber mais se ela era "ela", se ela era "a outra", ou se ela era as duas.

"Depois eu penso nisso", resolveu, sem saber se a resolução era da outra ou dela própria.

Saiu do quarto.

Antes de entrar no banheiro, entreouviu um trecho da canção que a empregada entoava todas as manhãs: uma melodia aflita, acompanhada por palavras de um dialeto que misturava português, guarani e inglês de música romântica.

Consolação Popyguá, 69 anos, empregada doméstica, natural do Chaco Paraguaio, a princípio se negou a prestar declarações acerca dos estranhos acontecimentos que se seguiram àquela manhã.

Justificou o seu silêncio com uma única frase: "o que é de alçada do desconhecido é problema pessoal dele".

Sabemos que, quando Edith entrou na cozinha, dona Consolação estava muito ocupada com sustenidos, utensílios e ideias versáteis para se lembrar de desejar "bom dia".

Disse a uma panela que acabara de arear, "agora sim você tá com outra cara", para então resmungar, "acordei ainda escuro, só com a claridade", no que deveria estar se referindo a um relâmpago.

Antes de recomeçar o canto, fez um simples comentário:

– E dona Madalena, que já vai dar a hora do almoço e ela não acorda?

Exagero.

O relógio da parede marcava nove e quinze da manhã, aliás, nove e dezessete, Edith foi bastante precisa em sua narrativa. Disse ela que antes de ir até o quarto da mãe, tomou seu remédio para o estômago, "com um golinho de leite morno", o que deve ter levado no máximo uns dois minutos. Subiu a escada. Mais trinta ou quarenta segundos. Pelas suas contas, ela deve ter entrado no quarto de dona Madalena às nove horas e vinte e um minutos.

E aí, pronto.

Artur, 5 anos, acordou com um grito que continuou gritando no seu ouvido para sempre, como são os gritos que a morte tira das gargantas.

"Corri pra ver por que a mamãe gritou, daí ela fechou a porta do quarto da vovó, que era pra eu não poder entrar lá, mas a dona Consolação entrou, depois saiu, e ficaram as duas chorando, a mamãe disse que a vovó tinha morrido, e a dona Consolação falou que era pra eu ficar feliz porque a vovó agora tava no céu e ia se encontrar com o vovô Gaspar, e aí é que a mamãe chorava mesmo, daí ela pediu pra dona Consolação me dar um copo de água com açúcar, que eu despejei na pia, e foi pra sala falar no telefone."

Marcelo, 26 anos, solteiro, jornalista desempregado, filósofo nas horas vagas, empresário praticamente falido, acordou com o telefone tocando.

"Eu demorei pra acreditar quando a Edith me contou. Quem conhecia dona Madalena tinha certeza absoluta de que ela não ia morrer nunca. Não era coisa dela morrer."

Paulo, 25 anos, desquitado, jogador de futebol, estava atrasado para um compromisso importante quando recebeu o telefonema do filho.

"Atendi o interurbano todo feliz, porque sabia que devia ser o Artur, mas é óbvio que eu fiquei triste com a notícia. Pelo menos um pouquinho triste eu juro que fiquei."

Confete não devia ter dormido a madrugada inteira, velando a dona, e em nenhum momento demonstrou qualquer traço de tristeza. Edith conta, aliás, que quando entrou no quarto da mãe ele estava tranquilamente deitado aos pés do cadáver, abanando o rabo.

Dona Madalena estava estendida na cama, na posição em que dormia habitualmente, abraçada a um travesseiro ao qual em vida chamava de "Gasparito". Porém tinha os olhos abertos.

E com os olhos abertos ficou até que dona Consolação os fechasse, às dez em ponto, "hora bonita para se encerrar uma visita", numa cerimônia de extrema-unção póstuma, que incluía velas, óleos e palavras. "Que o Senhor te perdoe por todos os pecados que cometeste nesta vida besta aqui debaixo."

O médico da família chegou trazido por Marcelo, que ainda tinha poucas e vagas esperanças.

Primeira: que tudo não houvesse passado de um engano e dona Madalena estivesse apenas dormindo profundamente sob o efeito de bebida ou tranquilizante.

Segunda: que o problema fosse reversível... quem sabe uma massagem cardíaca?

Terceira: que aquilo fosse um pesadelo.

Não era.

O laudo do dr. Adalberto mencionou "morte instantânea causada por hipoxia" ou coisa parecida e, conforme ele mesmo estimou, a tal hipoxia deve ter ocorrido entre cinco e seis da manhã, mais ou menos.

A "tragédia", "desgraceira", "ocorrência" ou "novidade" (nomenclatura que variava de acordo com o temperamento do narrador) se espalhou rapidamente.

Logo não se falava em outro assunto no bairro.

"É a vida."

"A pessoa tá assim, quando vê tá morta."

"Logo a Dona Madalena."

"Tão jovem."

"Tão forte."

"Tão boa."

"Isso foi bebida."

"Isso foi cigarro."

"Isso foi desleixo."

"Isso foi colapso."

"Isso foi bem uma praga que jogaram nela."

"Sistema nervoso?"

"Ela nunca girou muito bem."

"Mas tinha um ótimo coração."

"Infarto fulminante."

"Pobrezinha."

"Eu tenho pena é da Edith, coitada."

Edith revirou o guarda-roupa da mãe à procura de algo digno daquele corpo vazio de alma. A gaveta de calcinhas e sutiãs, especialmente, provocou vários soluços. Terminou por eleger um vestido verde-esmeralda que dona Madalena havia usado no Natal anterior, mas não teve coragem de vestir a morta.

Dona Consolação teve que fazer isso sozinha, com muito custo e algumas reclamações: "estou dizendo que se a senhora não colaborar, mando lhe enterrar de camisola!"

Antes mesmo do meio-dia, a casa já estava cheia de gente e a rua em frente apinhada de vira-latas. Há quem diga que nenhum cachorro das redondezas faltou ao velório, ou que jamais se viu tamanha concentração de pulgas na cidade.

Depois de escovar Confete bem escovado e amarrar uma fita preta no lugar da coleira, a empregada fez café, bolo de laranja e suco de goiaba.

O lanche teve muita saída, tal era a ressaca em que se encontravam os amigos que tinham ficado no bar, com a recém-falecida, até as duas da madrugada da véspera.

Alguém comentou que Venceslau e Nepomuceno ainda cheiravam a cachaça, fato rebatido por um, "nós não bebemos cachaça, só bebemos vodca", e reiterado pelo outro, "e mesmo assim foram só quatro garrafas".

A rixa "amigos boêmios" *versus* "amigas do pôquer" acabou em vitória para as últimas.

Dona Vera, dona Violeta e dona Juarezita aproveitaram o lamentável estado de nervos de Edith para assumirem o papel de mestres de cerimônias.

Verteram prantos, receberam pêsames, serviram o bolo, o café e o suco em louça fina, recepcionaram cada visitante com a mesma ladainha.

– Ela estava tão bem ontem.

– Fez até uma trinca de valetes.

– O que é que vai ser da nossa vida sem ela pra chatear a gente?

Chegaram a questionar se não seria chique cobrir o caixão com uma bandeira, porém não entram em consenso quanto à escolha desta, visto que a morta nunca se decidira se era Flamengo ou Fluminense, e detestava associações gremiais ou ligas de senhoras.

Houve quem chorasse, houve quem fingisse, houve quem se descabelasse.

Artur brincou de passear seu carrinho de plástico sobre o caixão da avó. Cada friso era uma estrada, cada rococó, uma montanha.

Edith não dizia coisa com coisa.

Marcelo resolveu toda a parte burocrática.

Com o aeroporto fechado por causa da chuva, Paulo teve que viajar de carro, a uma velocidade média de oitenta quilômetros por hora, ou não chegaria a tempo para o enterro.

"Estamos aqui reunidos para rezar pela alma da nossa querida irmã Maria Madalena Rita de Cássia Teresinha de Jesus Santana...", "Teresinha de Jesus é na frente, Rita de Cássia vem depois", Marcelo corrigiu, porém Frei Laurentino resmungou que a ordem dos fatores não alterava o produto, e prosseguiu, "... que acaba de partir desta vida para a vida eterna".

Dona Vera, dona Violeta e dona Juarezita se benzeram, uma após a outra, como se tivessem ensaiado.

Marcelo abraçou Edith, ela gemeu baixinho e apertou a mão de Artur, que conseguiu engolir o choro.

O ar adocicado de flores provocava certo enjoo, principalmente em quem estava de ressaca.

"Caríssimos irmãos, é preciso ter fé, força e coragem para seguir em frente, acreditando que tudo o que Madalena construiu durante a sua permanência entre nós continuará vivo em nossos corações, através de sua lembrança, dos seus ensinamentos, do amor, da generosidade, do desapego, do equilíbrio, da paz e da harmonia que marcaram a sua passagem pela Terra."

— Ele não conhecia a vovó? — Artur estranhou.

— Enterro tem que ser bem triste — explicou Marcelo.

"Na verdade, irmãos e irmãs, a tristeza causada por essa passagem deve se converter em alegria, pois Madalena cumpriu fielmente a sua missão e apenas partiu ao encontro de Deus, nosso pai e criador, para agora habitar em Sua casa."

— Coitado de Deus — Paulo murmurou.

E só então todos perceberam que ele havia chegado, e Artur pulou no colo do seu pai, e Edith ficou ainda mais tonta do que estava, e Marcelo não teve como esconder a raiva.

– **Eu** posso saber o que é que você está fazendo aqui?

– Eu vim para o enterro da minha sogra.

– Ex-sogra!

– E eu posso saber o que é que você está fazendo aqui? Eu sempre estive aqui. Eu moro aqui. Eu não fui embora como você.

– Isso não é da sua conta.

– Você tem um minuto pra dar o fora.

– O enterro não é seu. Infelizmente.

Dona Vera era capaz de repetir esse diálogo, sem mudar uma palavra, sempre que chegava a este ponto da história.

Dona Violeta discordou em alguns pontos.

Dona Juarezita garantiu que foi ela quem conseguiu acalmar os ânimos dos dois rapazes, com um comando simples: "calem a boca".

Mas há quem diga que a discussão se estendeu por muito tempo ainda, e que Frei Laurentino foi obrigado a ir aumentando a voz gradativamente, na tentativa frustrada de encobrir os xingamentos dos dois com palavras bonitas e caridosas, mais adequadas a qualquer enterro decente, até concluir dizendo que "Madalena passou desta para uma melhor e descansa em paz eternamente", frase que provocou enxurradas de lágrimas.

Foi um problema embaraçoso decidir quais seis homens levariam as alças do caixão.

Paulo foi descartado por vinte e três votos contra dois, e mesmo quem se absteve da votação tinha a opinião de que "se dona Madalena estivesse viva iria odiar que ele levasse o caixão dela", no que Venceslau ponderou: "se ela estivesse viva, não haveria caixão nenhum a ser levado".

Após breve tumulto, o cortejo partiu em direção ao túmulo, assim formado: Marcelo na alça da frente, à direita; Artur na da esquerda, em caráter café com leite devido à sua pouca idade; e mais quatro amigos do bar, nas alças restantes.

Logo atrás vieram Paulo e Edith, sob o mesmo guarda-chuva, o que gerou sussurros e cutucões por parte da plateia.

Todos os vira-latas da zona sul, mesmo os caolhos e os mancos, acompanharam o séquito, compungidos, apesar dos protestos dos funcionários do cemitério.

O caixão de Madalena desceu à sepultura às seis da tarde e ali ficou, ao lado do de Gaspar, flor, terra, cimento, até que a morte os uniu outra vez, enfim sós, e o sol se pôs.

Final de enterro geralmente não é momento agradável, as pessoas ficam meio desorientadas, aparvalhadas, perplexas diante do inevitável prosseguimento da vida, sendo que neste episódio, especificamente, o mal-estar foi ainda mais evidente.

Parentes, conhecidos e vizinhos se entreolharam, "e agora?", visivelmente excitados com o encontro do triângulo amoroso.

Dona Vera não usou de sutilezas para quebrar o silêncio constrangedor.

– Vamos decidir logo isso, que eu não quero perder a minha novela. O Marcelo leva a Edith com essa pobre criança pra casa, o Paulo dá uma carona pra gente antes de pegar a estrada, e acabou-se o bafafá.

As três bocas dos três personagens envolvidos na decisão tencionaram concordar (a primeira), opinar (a segunda) e responder "a senhora meta-se com a sua vida" (a terceira).

Antes, porém, que qualquer um deles conseguisse concluir o seu intento, Artur avisou:

– Eu vou com o meu pai.

Isso deixou o problema pendurado para depois.

Novo encontro previsto para o triângulo amoroso, desta vez sem plateia.

Quem havia de negar, a um menino que acabara de perder a avó, o direito de estar perto do pai que morava longe?

Por outro lado, quem havia de querer perder aquele acontecimento, "Edith, Paulo e Marcelo juntos", muito mais emocionante do que novela de rádio?

Dona Juarezita se ofereceu prontamente: "eu posso ir dormir com você, Edith".

Dona Violeta e dona Vera berraram em coro: "então eu também vou".

Edith respondeu que preferia dormir sozinha, acentuando bem a palavra "sozinha", na clara intenção de provar que não aceitaria a companhia nem de um, nem do outro, nem de mais ninguém naquela noite. Deu um beijo no filho, baixou os olhos e, acompanhada de uma dona Consolação orgulhosíssima da sua função de ama do tempo antigo, entrou no velho Citroën caindo aos pedaços, que ainda era do tempo do seu pai. Marcelo foi dirigindo.

As três velhas se aboletaram no carro enlameado de Paulo, disputando qual ficaria com o menino no colo, mas ele preferiu ir sentado no banco, como adulto.

Os cachorros tomaram seus rumos: marquises, esquinas, quintais.

Os bêbados acharam melhor dar uma passada no bar antes, para rebater a ressaca.

– Antes de quê? – perguntou Venceslau.

– Antes de ficar de ressaca de novo – explicou Nepomuceno.

Edith e Marcelo fizeram o trajeto mudos, ele pensando que não deveria estar pensando no ciúme que sentia de Paulo, ela pensando que ele deveria estar pensando que não deveria estar pensando nisso.

Dona Consolação ainda tentou amenizar o pesado clima com um ou outro comentário banal, "hora dessas Frei Laurentino estoura de tão gordo", ou "acho lindo mármore preto com letra dourada". Não obteve sucesso, então se pôs a chorar canções.

Junto com a obrigação de dar carona para as três velhas, Paulo ganhou de brinde um relatório minucioso de tudo o que acontecera na cidade nos últimos meses, foi obrigado a responder a perguntas do tipo "se a pessoa fizer um gol dando um espirro, vale?" e precisou recorrer a um critério inventado na hora para o conflito "quem fica primeiro?". Largou as velhas em ordem alfabética: dona Juarezita, dona Vera, depois dona Violeta, que aproveitou a ausência das duas primeiras para comentar, com ar ingênuo: "o que vai ser da Edith, sozinha, sem a mãe? Uma moça tonta feito ela tem que ter um homem forte ao seu lado".

A casa de dona Madalena, sem ela dentro, parecia improvisada.

Dona Consolação advertiu "não me morra mais ninguém essa noite" e foi direto para o seu quarto, usando como desculpa uma dor de cabeça para ficar só, com seus soluços.

Marcelo reclamou delicadamente da presença de Paulo no enterro, ouviu de Edith um "ele e o pai do meu filho", resposta curta e definitiva, e se arrependeu amargamente de ter tocado no assunto.

Os dois se sentaram no sofá.

Ele beijou a mão dela.

Ela encostou a cabeça no ombro dele.

Parecia que a morte permanecia ali, na sala, junto com seu séquito: dor, revolta, medo, saudade, culpa.

Nenhum daqueles sentimentos era agradável, mas a culpa era o mais malvado deles.

— Por que eu brigava tanto com ela? — Edith tinha o olhar de quem cometera grave delito.

Não esperou por resposta.

Ficou repetindo "por quê, por quê, por quê", em tom indagativo, só para ensaiar a dor do pranto que veio depois, que dor sem preparativo dói de modo imprevisível, assusta.

Mas susto mesmo foi quando a campainha tocou, apesar de o toque estar sendo esperado com enorme aflição.

Ou justamente por isso.

Edith abriu a porta e Artur entrou.

— Vou buscar minhas coisas no carro — Paulo disse apenas.

Ela não conseguiu dizer nada.

Ele abriu o porta-malas, tirou de lá duas sacolas, uma bola, um caixote, e entrou na casa com a maior naturalidade.

Marcelo contou até três e explodiu.

— O que é que você tá fazendo aqui?

— Você já me fez essa pergunta hoje.

— A Edith precisa descansar.

— Eu também. Foram quase nove horas de viagem, fora o enterro.

— Tem um hotel a duas ruas daqui. Esqueceu?

– Eu vou ficar aqui com o meu filho.

Edith tentou contornar a situação.

– Depois você passa aqui e fica o quanto quiser com ele.

– Eu não vou passar aqui depois.

– Por quê? – Artur perguntou.

– Porque eu já vou ficar aqui agora.

Marcelo tentou manter a calma.

Respirou.

Racionalizou.

Formulou teorias sobre a pobre condição humana.

Mais tarde usou como justificativa para o inevitável descontrole que terminou tomando conta do seu ser o insuportável comportamento de Paulo, que circulava pelos cômodos da casa mexendo em tudo com total propriedade, falando alto, jogando bola com Artur, como se aquele não fosse um dia funesto.

A gota d'água foi o telefonema: "Interurbano para o Senhor Paulo Jorge".

A conversa telefônica consistiu em:

– Não vou voltar hoje.

– (...)

– Nem amanhã.

– (...)

– Não insista.

– (...)

– Problema seu.

– (...)

– Não tenho previsão.

– (...)

– Eu já não falei que não vou?

– (...)

– Que sujeito insuportável! – Frase que serviu para descartar a possibilidade de o interlocutor do outro lado da linha ser do sexo feminino, quem sabe até uma namorada.

As duas Ediths numa só, apartadas como nunca, tiveram que dividir a atenção entre o que era dito pelos dois rapazes, o ex-marido ao telefone, o namorado aos gritos:

– Chega, se instala, recebe telefonema interurbano. Daqui a pouco ele vai colocar a torcida do Corinthians inteirinha aqui dentro!

E como só restava a ela ter um ataque nervoso, foi isso que aconteceu.

Horas depois, quando já tinha tomado uns cinco uísques, Marcelo já não conseguia mais atribuir lógica à sua decisão de ter deixado Edith lá com o "cafajeste".

Todos os argumentos do tipo "ela estava ficando cada vez mais nervosa com aquilo tudo", "eu não podia arranjar uma briga justo no dia da morte da mãe dela" ou "vocês queriam que eu tivesse deixado o menino ainda mais traumatizado?" eram rebatidos com ideias do tipo "você devia era ter partido a cara dele" ou "por que você não volta lá agora e faz isso?"

O bar esteve cheio naquela noite. Falou-se da chuva.

Falou-se da seca que assolava o Nordeste.

Falou-se do último amistoso da Seleção Brasileira.

Falou-se da vida.

Falou-se da morte.

Falou-se do enterro.

Falou-se da falecida.

Brindou-se a ela, inclusive.

O estoque de bebidas sofreu baixa jamais vista numa segunda-feira, porém o caixa nem sofreu baixa nem se alegrou com alta, porque Marcelo não deixou ninguém pagar um centavo, "hoje é por conta da casa".

Logo depois da novela, dona Juarezita, dona Violeta e dona Vera foram visitar dona Zélia, que faltara ao enterro porque estava adoentada, "como é que a Madalena me deixa pra morrer justo hoje?", e estava louca para ser inteirada das últimas.

"O Paulo Jorge em pessoa."

"Ficou rico."

"Carro esporte, querida, zero quilômetro."

"Conclusão: a Madalena foi uma burra de ter atrapalhado aquele casamento."

"Tudo teimosia dela. Preferia até ver a Edith mãe solteira."

"Uma menina, coitadinha, não tinha nem dezoito anos."

"Ele não era homem de casar. Sempre foi novidadeiro."

"Deixava a mulher com o filho em casa pra jogar pelada com os amigos e cair na farra."

"Mas quando foi chamado pra ser goleiro do Corinthians, bem que ele quis levar a Edith e o Artur. A Madalena que não deixou."

"Não era Corinthians, era Palmeiras."

"Não era Atlético Mineiro?"

"Seja de onde for, ele não é goleiro, é atacante."

"Eu ouvi no rádio que o time foi campeão porque ele fez um gol de pênalti."

"De pênalti até eu fazia."

"Eu bem que disse pra Edith: deixa de ser boba e acompanha o teu marido, menina."

"Sair pelo mundo acompanhando aquele estabanado?"

"E, além do mais, o Marcelo é um ótimo rapaz."

"Muito melhor do que o Paulo."

"Sabia que ele já leu *A Divina Comédia* em francês?"

"Não foi em francês. Foi em italiano."

"É um poliglota."

"Mas não tem o menor jeito para negócios."

"Eu aposto que a Edith agora volta pro Paulo Jorge."

"Ela já se decepcionou muito com ele. Eu digo que ela fica com o Marcelo."

"Vamos fazer um bolão?"

Deu empate.

Já era mais de meia-noite e Artur não pegava no sono.

— Só sei dormir com a vovó cantando pra mim.

— Eu canto — Paulo propôs.

— Mas tem que ser em francês.

Por não saber cantar, muito menos em francês, Paulo precisou adotar um método particular para acalentar o filho: narrar uma partida de futebol imaginária.

E interminável, é claro.

Quem consegue dormir sem saber o final de um jogo importante?

Durante esse tempo todo, Edith ficou para lá e para cá, da sala para a cozinha, não atendeu ao telefone, que não parava de tocar, e também não subiu até o segundo andar para não ter que passar pela porta do quarto da mãe.

Enquanto Artur não dormisse, tudo bem, e depois?

Desde que haviam se separado, Edith e Paulo só ficaram sozinhos em pouquíssimas ocasiões. Imagina se dona Madalena iria permitir um perigo desses!!!

Os encontros se restringiam às vezes em que ele ia visitar o filho, e sempre na presença da velha, com quatro únicas exceções.

Logo depois da separação, no dia da morte de Getúlio Vargas, aproveitando que dona Madalena não tinha cabeça para mais nada, Paulo raptou Edith e Artur por uma hora e meia, e se um menino de um ano e cinco meses pudesse contar detalhadamente o que viu, olha a tragédia!

Um mês depois, na data em que completariam dois anos de casados, Paulo tanto insistiu que Edith aceitou comemorar o desacontecido. Para convencer a mãe de que iria "só ali no mercado", se vestiu mal e porcamente, saiu com uma sacola vazia e se dirigiu ao lugar secreto, atrás do Convento dos Franciscanos, onde, desde garotos, iludidos e perdidamente apaixonados, eles se encontravam para namorar escondidos. Após algumas dúzias de beijos e "tira essa mão daí", ela ainda teve que passar no tal mercado e chegou em casa com quilos de tomate. "Vamos filmar um bangue-bangue italiano?", dona Consolação sugeriu, quando dona Madalena perguntou o que fazer com aquele tomate todo.

No aniversário de três anos de Artur, março de 1956, aproveitando a confusão estabelecida para os preparativos da festa, os dois passaram a manhã atrás do Convento, ele prometendo amor eterno em troca de um sim, ela prometendo pensar no caso dele.

Passou meses pensando.

Então descobriu que ele estava "de cacho com uma bonitona, candidata a Miss Brasil", e deu o assunto por encerrado.

Desde então, sempre se esquivara dos convites do ex--marido com a desculpa: "a mamãe tem toda a razão quando diz que você não presta".

Por essa razão, na hora em que a partida de futebol imaginária terminou em 67 contra 66 e Artur finalmente esqueceu a morte da avó e dormiu, ela entregou um jogo de lençóis para Paulo, "se ajeita aí no sofá", correu para o seu quarto e se trancou. Ele ficou do lado de fora, com olhar "agora você não me escapa" cada vez mais falido. Nem assim desistiu.

"Eu preciso falar um negócio importantíssimo com você", se pôs a bater na porta, "e se você não abrir eu arrombo essa droga!"

Quase quatro da manhã e o bar ainda fervia.

Relembrar as histórias de dona Madalena era programa para preencher anos de noitadas regadas a reservatórios de bebida.

— E a bolsada que ela deu no guarda porque ele proibiu o Confete de entrar no cartório?

— E o copo de rum com coca que ela virou na cara do Nepomuceno quando ele inventou de imitar o Frank Sinatra?

— E aquele dia que ela furou os quatro pneus do Paulo e escoɹ deu o macaco do carro?

O nome "Paulo" causou constrangimento imediato.

— Mais uma rodada pra esquecer.

— E depois a saideira pra esquecer que é a saideira.

— E depois só mais seis pra esquecer quantas foram ao todo.

Os que caíam pelo chão eram gentilmente despachados pelo garçom, coitado, que não recebeu uma só gorjeta naquela noite.

— Tinha planejado mandar rezar uma missa bem bonita pela alma de dona Madalena com o que faturasse hoje, mas ela vai ter que se contentar com um Salve-Rainha pela metade, porque eu não consigo passar do "vale de lágrimas" — Zezinho reclamou, enquanto trocava seu paletó de trabalho por uma camiseta verde e amarela. — E o senhor vai amanhecer o dia aí?

Marcelo não se deu sequer ao trabalho de responder.

O garçom saiu pensando que mulher realmente é fogo, e ele ficou lá, sozinho, terminando sua décima segunda dose.

O bar rodava.

Sua cabeça tombou no balcão.

Foi então que ouviu a voz de dona Madalena.

— Você é realmente um incompetente. Fica aí enchendo a cara enquanto o cafajeste está lá sozinho com a Edith.

Levantou os olhos.

Lá estava ela.

— A senhora vai me desculpar, dona Madalena, mas a senhora está morta.

Ela pegou o uísque e bebeu direto da garrafa.

— Pra você ver como é que são as coisas. A pessoa já não pode nem morrer em paz.

Nos seus 26 anos de vida, Marcelo já havia jurado para si mesmo que ia parar de beber umas cem vezes. Jamais, porém, o fez com tanta veemência.

— Isto é *delirium tremens*?

— O descarado aproveitou a minha ausência e voltou pra desgraçar a vida da minha filha.

— Isto é *delirium tremens*.

— Debaixo do seu nariz.

— Dona Madalena, a senhora morreu.

— Logo agora que vocês iam se casar.

— A senhora morreu, dona Madalena.

— O problema foi essa demora. Não sei quantos meses de namoro. Tanto que eu mandei você se mexer, e você "calma, dona Madalena, ainda não é a hora, e se ela não aceitar, dona Madalena?". É claro que ela ia aceitar. Antes do maluco voltar. Agora eu não sei de mais nada.

— Teve o enfarte, teve o velório, teve o enterro. Dona Madalena, a senhora está enterrada.

— Se você fosse um pouco mais homem, tinha botado ele pra fora da minha casa.

— Eu não vou levar em consideração o que a senhora disse pela única razão de que a senhora não disse isso. A senhora não disse nada. A senhora não está aí! Eu bebi demais e estou vendo coisas. A senhora é uma alucinação.

— Imagina agora o trabalho que eu vou ter pra separar aqueles dois de novo.

— E alucinações não se metem na vida dos outros — Ele entornou mais um copo de uísque e apagou completamente.

Se Edith tivesse aberto a porta do seu quarto, sabe Deus o que teria acontecido.

Como ela não abriu nem sob ameaça de incêndio provocado, Paulo teve que se contentar com o sofá, prometendo "amanhã você não me escapa".

Ela passou a noite entre as duas, ela e a "outra", uma pensando no Paulo, a outra, no Marcelo, ambas chorando pela mãe.

Só dormiu com o romper do dia.

Sonhou com muitos pares de Ediths, muitos buracos sem tampa e o planeta Terra todo cercado pelo arame farpado dos fundos do Convento dos Franciscanos.

Às oito e meia em ponto acordou, tonta e maldormida, "já, já, a mamãe vem me chamar".

Imediatamente se lembrou de que a mãe tinha morrido.

Constatou que a pior hora de se defrontar com a perda de alguém é quando se acorda no dia seguinte e a pergunta "o que é que vai ser da minha vida?" atravessa a gente feito espada.

Antes de começar a chorar, pôs-se a conferir no pensamento a desordem das coisas.

Paulo devia estar lá embaixo, no sofá.

Era provável que Marcelo estivesse magoado com ela.

Artur ia sentir muito a falta da avó.

"Ela" e a "outra" entraram em controvérsia em algumas questões.

Terminaram concordando que Marcelo era muito mais sincero, atencioso e confiável, nisso dona Madalena tinha toda razão. Portanto iriam despachar Paulo o quanto antes.

Se é que ele ainda estava lá embaixo.

"E se ele já foi sem nem se despedir?" (Cogitou uma.)

"Problema dele." (Replicou a outra.)

Pulou da cama.

Antes de entrar no banheiro, entreouviu trecho da canção da empregada; a melodia soava especialmente aflita.

Ao descrever sua agonia, "desci a escada com o coração na mão", Edith usou uma força de expressão bem distante do real, que fazia questão de marcar presença no seu peito.

Tum-tum.

Tum-tum.

Tum-tum.

Tum-tum-tum-tum-tum-tum-tum.

Paulo dormia placidamente no sofá.

A partir daí ela perdeu as contas dos tum-tuns, e já não sabia mais se a taquicardia era de ansiedade, de medo, de alegria, ou se era infarto mesmo, igualzinho ao que a mãe tivera.

Respirou, "o que é que dona Consolação vai dizer?", entrou na cozinha, não esperou nenhum comentário e foi logo informando.

— Ele dormiu aqui porque estava chovendo muito, mas vai embora assim que acordar.

— Eu perguntei alguma coisa, por acaso?

— Não.

— Pois então vou perguntar. A senhora tem dinheiro pro pão?

— Tenho. E pra mortadela também, que o seu Paulo é louco por mortadela.

Assim que pegou o dinheiro, a empregada sintonizou o rádio numa estação que tocava boleros, provavelmente para que o encontro "Paulo-Edith-logo-de-manhã-enfim-sós--depois-de-tanto-tempo" fosse embalado por fundo musical adequado.

Apesar de não levar carta na mão, anunciou: "se eu demorar um pouco é porque resolvi passar no correio".

Então saiu pela porta de trás, cantarolando *sutil llegaste a mí como una tentación, llenando de inquietud mi corazón..."*

Sem a mãe ou dona Consolação para lhe dizerem o que fazer, Edith se sentia ainda mais dividida.

"Acordo o Paulo?" – uma sugeriu.

"Ou ligo para o Marcelo?" – a outra contrapôs.

"Já que existiam duas Ediths, seria ótimo se uma pudesse ficar com o Marcelo e a outra com o Paulo" – lhe ocorreu, sem saber a qual delas havia ocorrido tamanha bobagem.

Para ocupar o tempo, resolveu pôr a mesa.

Toalha.

Prato.

Xícara.

Talher.

Ouviu passos na escada.

Pensou: "o Arturzinho acordou".

Abriu a geladeira.

Tirou a manteiga, o queijo, a geleia.

E derrubou tudo no chão quando dona Madalena apareceu na porta da cozinha com o cachorro no colo.

– Como é que você me deixa esse calhorda dormir na minha casa?

Edith ficou calada alguns segundos, atônita, assistindo à mãe se abaixar para catar os cacos espatifados no chão, enquanto Confete lambia calmamente os restos de geleia.

– Eu estou ficando maluca.

– Não é maluquice, é falta de atenção. Você tem que tirar uma coisa de cada vez, senão cai tudo.

– Será que eu penso que acordei, mas ainda estou sonhando?

– Não mude de assunto e explique logo o que é que o excomungado está fazendo aqui.

A explicação não veio. E não era essa explicação que Edith procurava, de boca aberta, aparvalhada.

– No meu sofá – A velha acrescentou, dando grande importância ao que parecia ser apenas um detalhe.

– Mamãe, você morreu!

– Mas eu vou expulsar ele imediatamente.

– E se você morreu, então você tinha que estar no...

– No...?

– ... céu?

– Pensei que você ia dizer que eu tinha que estar no inferno.

– Eu estou muito nervosa, é isso.

– Nervosa fiquei eu tendo um enfarte sozinha na cama, sem ninguém pra me ajudar. E pra piorar a minha vida, ou melhor, a minha morte, quem resolve aparecer no meu enterro? O cão na garrafa.

Dona Madalena colocou comida na tigela de Confete e botou a chaleira para ferver.

Se aquilo era imaginação, era uma imaginação parecida demais com a realidade.

E se não era imaginação, o que era aquilo?

– Isto é uma loucura, meu Deus, olhai por essa criatura que merece...

– Que olhai o quê! Vocês não me deixam descansar em paz! Eu tenho que fazer tudo nesta casa!

Como não sabia se ria ou chorava, Edith abraçou a mãe.

– Pode ser sonho, loucura, imaginação, o que for, mas tudo o que eu queria era ver você de novo.

– Você acha que a mamãe ia deixar você aqui sozinha neste mundo, minha filha?

– Desculpa por todas as vezes que eu reclamei de você, que eu falei que você era chata, por todas as besteiras que eu fiz...

– Deixa pra lá. Foi por isso que eu voltei. Eu sei que você não sabe fazer nada sem mim. Você só faz besteira mesmo.

– Eu não faço só besteira.

– Faz sim: trocar um rapaz como o Marcelo por um delinquente que abandonou você.

– Ele não me abandonou.

– Abandonou, sim. Trocou você por uma bola de futebol.

– Até na imaginação você é chata, mãe?

– Isso! Me chama de chata.

– Desculpa. Nunca mais eu vou brigar com você. Eu nunca devia ter brigado com você!

– Devia, sim. Eu sou chata, sou louca, sou metida, sou teimosa, sou neurótica, sou isso, sou aquilo, na festa da

Violeta mesmo você teve a coragem de dizer que eu era uma tagarela, que eu não paro de falar e...

Edith empurrou dona Madalena para dentro da despensa quando ouviu passos na escada outra vez.

Artur entrou na cozinha bocejando.

– Bom dia, meu anjo. Quer um sanduíche de queijo?

– Hoje é terça, dia de ovo mexido.

– Então eu vou fazer um ovo mexido pra você.

– Duvido que você faça um ovo igual ao da vovó.

– Eu vou tentar.

– E no dia do ovo mexido tem também um *milk shake* de chocolate com calda de framboesa maluca.

– Calda de framboesa maluca?

– A vovó dizia que era calda de framboesa maluca, mas é um remédio vermelho que ela escondia atrás do liquidificador.

Dona Madalena saiu da despensa irritada.

– Você não sabe fazer. Pode deixar que eu faço o *milk shake* dele.

– Não precisa ficar com medo, meu amor – Edith quis proteger o filho.

– Imagina se ele vai ter medo da própria avó! – Dona Madalena ficou enfurecida.

O menino deu uma risada e pulou no colo dela.

— Quer dizer que esse tempo todo você sabia o segredo da calda de framboesa maluca?

— Eu fingia que não sabia pra você não ficar triste.

— Artur, meu filho, isso não está acontecendo. A gente está imaginando que a sua avó está aqui, mas ela não está.

— Tá sim. Olha ela aí.

— Não está não!

— Ah, não estou? — a velha ligou o liquidificador e teve que gritar por causa do barulho. — Então quem ligou o liquidificador?

Edith puxou o fio da tomada.

Novo barulho de passos.

Ou era outro fantasma, ou era Paulo.

Edith empurrou dona Madalena e Artur para dentro da despensa e colocou uma cadeira escorando a porta.

Era Paulo.

— Que gritaria era aquela?

— Eu acho que foi lá fora.

— Cadê o Artur?

— Deve estar dormindo.

— Agora você vai me ouvir, Edith.

— Agora você vai sumir daqui, Paulo.

— Você está namorando aquele palhaço?

— Ele não é um palhaço.

Alguém bateu na porta da despensa.

— Tem alguém aí dentro?

— Deve ser o cachorro. Quieto, Confete!

— Eu só queria avisar que voltei para ficar e ninguém nesse mundo vai me impedir.

— E eu só queria avisar que você tem que ir embora agora.

— Se você me disser, olhando bem na minha cara, que está apaixonada por ele, eu vou.

Ela olhou. Bem na cara dele. Então disse.

— Eu estou apaixonada por ele.

Em vez de se encaminhar para a rua, Paulo se encaminhou para a geladeira.

— Eu acho que preciso de uma cerveja.

Edith se atravessou na frente dele.

— É melhor você não tomar a cerveja da mamãe.

— Você vai guardar de recordação?

— Ela pode não gostar.

— Depois eu rezo um Pai-Nosso e ela me perdoa.

A cadeira que escorava a porta da despensa começou a balançar.

A voz veio lá de dentro, abafada.

— Não perdoo nada!

— Fica quieto, Confete! — Edith estava entrando em desespero. — Esse cachorro é impossível.

— O Confete fala?

Confete veio do quintal todo molhado de chuva.

– Eu acho que estou ouvindo vozes – Paulo concluiu. E continuou ouvindo.

– Ainda não ouviu nem a metade do que eu tenho pra dizer!

Finalmente a cadeira não resistiu, a despensa se abriu, e a "voz" apareceu em pessoa, na pessoa de sua dona, e Paulo gritou de susto quando viu dona Madalena, a dona da voz.

– Desculpa, Edith, mas eu não podia ficar ali trancada enquanto ele bebia a minha última cerveja.

– Não liga, Paulo. É imaginação.

– Não é imaginação não, pai. É fantasma mesmo.

– Vai tomando o *milk shake* que a vovó vai fazer o seu ovinho.

– Todo mundo ficou doido nesta casa?

– Por que é que você acha que eu voltei?

Ela tomou a garrafa da mão de Paulo, puxando o neto pela mão.

– Eu não sabia que fantasma bebia cerveja.

– Fantasmas não existem, Artur – Paulo quis explicar.

Dona Madalena não concordou.

– Existem sim. Quer que eu prove?

– Prova, vó!

– Depois eu provo, meu amor.

Artur estava se divertindo com aquilo, Edith estava roxa de vergonha, a morta estava lépida e corada, Paulo estava branco, levemente esverdeado.

— Você tem certeza que ela morreu mesmo?

— Infarto não-sei-de-quê. Quer que eu pegue a certidão de óbito pra você ver?

— Então a senhora não pode ficar aqui.

— Por que eu não poderia ficar na minha própria casa?

— Por que a senhora morreu!

— Deve ter sido um engano de Deus. Porque quem devia ter morrido era você.

— Mamãe!

— Então a senhora admite que morreu?

— Por que não haveria de admitir? É alguma vergonha morrer, por acaso?

— Edith, ela morreu.

— Eu sei, Paulo. Fui eu quem encontrou ela morta.

— E aí o que é que a gente faz?

Ele perguntou para a filha, mas quem respondeu foi a mãe.

— Aí você desaparece daqui, fazendo o favor de não voltar nunca mais.

— Como é que eu posso deixar a Edith aqui sozinha com um fantasma dentro de casa?

— Agora você está trocando tudo. Eu é que estou aqui pra impedir que a Edith fique dentro de casa sozinha com você.

O telefone tocou.

Edith correu para atender.

"Interurbano para o seu Paulo Jorge."

Enquanto ele atendia a ligação, dona Madalena botou na vitrola um disco de Frank Sinatra no volume máximo, e começou a cantar mais alto ainda.

– Entende uma coisa, Gutemberg, eu não vou mais. Me esquece. Me deixa. Arranja outro. Eu desisti completamente. E não adianta mais insistir, deu pra entender?

Não deu para entender, pois Gutemberg insistiu sim, aliás, ordenou: "Você vem no primeiro avião. A imprensa está inteira atrás de você, Paulo. O que é que eu vou dizer?"

– Diz que a minha sogra morreu.

– Eu não sou sua sogra há muitos anos, graças ao meu bom Deus.

A cada argumento de lá, Paulo rebatia com um "não vou", até perder a paciência, dizer "adeus" e bater o telefone.

– Muito estranha essa história. Aposto que ele está sendo procurado pela polícia, Edith.

– Temos uma alma penada ouvindo música dentro desta casa, e a minha história é que é estranha?

– Quem é esse Gutemberg? – Edith quis saber.

O telefone tocou outra vez.

Paulo atendeu, disse apenas "você quer parar de ligar pra mim?", desligou, e deixou o fone fora do gancho.

Dona Madalena colocou o fone no gancho, olhando provocativamente para ele.

Ele tirou.

— Será que dá pra deixar esse fone aqui?

— Não dá não senhor.

— A senhora nunca vai parar de implicar comigo?

— Nem morta.

Ela colocou o fone de novo no gancho. Ele tirou outra vez.

Sabe Deus quanto tempo os dois ficariam naquela disputa, se a empregada não tivesse chegado trazendo o pão e a mortadela.

No que viu a patroa, teve um ataque de sinceridade.

— Ô mulher teimosa! Bem que o seu Gaspar dizia que essa é osso duro de roer. A senhora não devia estar aqui e sim a caminho da "Terra sem Mal", para onde vão todas as almas que têm vergonha na cara.

— Vai dizer que você não chorou a minha morte?

— Eu só queria saber como foi que você conseguiu voltar lá do outro mundo, mamãe.

— Eu fui lá e expliquei.

— E como é "lá"?

— Como é que eu ia ficar reparando como é que era "lá" com o Paulo aqui no meu enterro?

— Tudo é culpa minha — Paulo observou — Até os mistérios da morte.

– E você explicou "lá" o quê?

– Que você não sabe fazer nada sem mim, que o Paulo Jorge não presta, que o Artur só gosta do ovo mexido que eu faço, que o Marcelo está encalacrado de problemas, que o Confete adora dormir comigo na cama, que os cachorros da rua não podiam ficar sem comida, argumentei, argumentei, argumentei, até que usei o meu argumento infalível.

– Que argumento infalível?

– Isso é entre mim e os anjos.

– Você é completamente louca, mamãe.

– Louca eu seria se deixasse você aqui fazendo tudo errado.

– Como é que você pode saber se eu faço tudo errado se você nunca me deixou fazer nada na vida?

– Que injustiça! Eu deixei você ir a Paquetá na despedida do ginásio.

– A diretora da escola teve que implorar pra você me deixar ir.

– E quando eu deixei, aí sim eu devia estar louca. Foi quando você começou a namorar esse palerma e desgraçou a sua vida.

– Eu não sou palerma.

– E a minha vida não está desgraçada.

– O Marcelo ama você de verdade, minha filha. Esse aí, além de boçal, é um carreirista. Já largou você e o menino por um time de futebol uma vez, e vai largar de novo na primeira oportunidade.

– Eu fiz tudo pra levar a minha mulher e meu filho comigo. A senhora é que não deixou.

– Você queria que eu deixasse o meu neto ir morrer asmático em São Paulo?

– O Artur não é asmático.

– Mas poderia ser.

No que constatou que a discussão ia ser demorada, dona Consolação mandou Artur tomar banho e foi tratar do seu serviço. Detestava perder tempo.

Marcelo acordou com uma dor de cabeça infernal, sem saber onde estava, e, aos poucos, foi se lembrando das ocorrências recentes.

A morte.

O enterro.

A tristeza.

A Edith.

O Paulo.

O ódio.

Os uísques.

A morta.

Decidiu não contar para ninguém que já estava sofrendo de *delirium tremens*, como um alcoólatra inveterado; afinal ia parar definitivamente de beber.

Ligou para Edith.

Deu ocupado.

Primeiro problema prático do seu dia: devia ir à casa dela ou não?

Apelou para a teoria e elaborou algumas teses.

Tese 1 – Edith não sabia o que queria.

Tese 2 – Paulo também não sabia.

Tese 3 – Ele, Marcelo, sabia: queria Edith, não queria? Queria.

Tese 4 – Quem quer algo deve se esforçar para consegui-lo.

Estava comprovado, pois, que ele devia ir à casa dela, apesar do medo de encontrar Paulo por lá e se descontrolar novamente.

Quando saiu do bar, encontrou o advogado lá fora, "esqueceu que marcou comigo às dez?"

Claro que tinha esquecido.

Segundo problema prático do seu dia: o aluguel atrasado.

Entraram de novo, os dois, passaram pela bagunça do salão, cadeiras no chão, restos de bebida, cheiro de fumaça, e foram para o que Marcelo chamava de escritório, um quartinho cheio de livros de filosofia e grades de cerveja.

Dona Consolação foi até a sala com um caderno de receitas na mão.

— Desculpem interromper, mas preciso saber quem vai ficar pro almoço e quem não vai, pois estou pensando em fazer uma torta de camarão.

— Almoçamos eu, a Edith e o Artur. O desgracento já está de saída — Dona Madalena afirmou, empurrando Paulo para a porta da rua.

O desgracento não parecia uma pessoa que já estava de saída.

Sentou no sofá e ponderou.

— Se descobrem que ela virou assombração, nunca mais você vai ter sossego, Edith. A gente tem que dar um jeito de ela ir embora antes que a cidade inteira fique sabendo.

— É melhor você ir, mamãe. Vai ser um escândalo.

— A mamãe morre, volta só pra ficar com você, e é isso que você faz, minha filha?

— Você vai deixar uma alma penada convencer você de que a coisa mais natural do mundo é vir assombrar os outros?

— Não cai na conversa dele, minha filha. Eu conheço o traste: chega todo bonzinho, mas não dou um ano pra aprontar outra das dele.

— Vou botar almoço para quatro. Ou camarão é comida indigesta para espectro? — A empregada se afastou, fazendo elucubrações culinárias e paranormais.

Antes de entrar na cozinha, quis o destino que ela visse o fone fora do gancho e o colocasse de volta no lugar.

O telefone tocou imediatamente.

Dessa vez, dona Madalena correu para atender.

"Interurbano para o senhor Paulo Jorge."

— Ele está sim, seu Gutemberg, mas mandou dizer que não quer falar com o senhor.

— A senhora não se meta nos meus assuntos!

— Mamãe, você quer fazer o favor de parar?

Mas ela continuou.

— Pois não. Rua dos Flamboyants, 418. Eu dou o recado sim. O prazer foi todo meu.

Dona Madalena desligou, feliz da vida.

— O Gutemberg mandou dizer que está vindo para cá com um tal de "Bola". Bola, Paulo Jorge? Você se dá com cada tipo de gente que eu vou te contar.

— Ela deu o endereço daqui pra eles, Edith.

— Eu vi, Paulo.

— E esse Bola é um repórter, Edith.

— E o que é que posso fazer, Paulo?

— Agora ele vai chegar aqui e vai dar de cara com o fantasma da sua mãe — Paulo pegou o telefone e começou a fazer uma ligação.

— Interurbano da minha casa nem pensar! — A velha arrancou o aparelho da mão dele.

— Eu pago!

— Você não paga nem uma pensão decente pro seu filho.

— Mamãe!

E a discussão recomeçou.

Artur desceu a escada enrolado numa toalha de capuz, todo molhado, o que quase provocou outro infarto na avó.

– Você quer pegar uma asma, menino?

E foi só Dona Madalena dar as costas para enxugar o neto, Paulo ligou para o Gutemberg.

Tocou.

Tocou.

Tocou.

Não atendeu.

– Os dois já devem estar vindo – ele se desesperou.

– E se um repórter está vindo pra cá, você não pode ficar aqui, mamãe.

– E se um repórter está vindo pra cá é porque alguma confusão esse aí deve ter aprontado.

– Por que a gente não some com ela daqui? – Paulo propôs a Edith.

– Sumir como?

– Nós podemos esconder ela em algum lugar, até termos uma ideia melhor.

– Isso que ele está sugerindo é rapto. E se ele quer me raptar é porque realmente o delito que cometeu é sério. Você vai optar pelo rapto ou pela justiça?

– Eu não posso sumir com a minha mãe, Paulo.

– E o que é que a gente vai fazer quando o Gutemberg chegar aqui com o Bola a tiracolo?

– Quando o Gutemberg chegar aqui com o Bola a tiracolo você não vai estar mais aqui – Dona Madalena deu uma gargalhada de vitória.

– Eu ainda não entendi o que é que o Gutemberg vem fazer aqui com o Bola a tiracolo... – Edith estava cada vez mais atordoada.

– Isso é problema meu.

– A minha paciência se esgotou, senhor Paulo Jorge. Fora da minha casa! Quando o tal do Bola chegar aqui a gente diz pra ele que você não está, ele vai embora e pronto.

– Você vai deixar ela separar a gente de novo? – Paulo perguntou a Edith.

– A culpa é minha se vocês dois não param de brigar nem um minuto?

– Lembranças aos seus – Dona Madalena abriu a porta.

– E o que é que você vai fazer com ela?

– Depois eu vejo.

– Você está fazendo uma besteira – ele insistiu.

– Não é a primeira besteira que eu faço na vida.

– Tirou as palavras da minha boca – disse a velha.

Artur sabia que a avó fazia qualquer coisa que ele pedisse, menos deixar o seu pai ficar. Portanto, nem ousou pedir.

Paulo beijou o filho, pegou a carteira, a chave do carro, o resto dos seus pertences, e saiu.

Gutemberg e Bola se contradisseram várias vezes em seus relatos.

O primeiro garantiu que teria ido atrás do fugitivo sozinho, não estivesse o repórter à caça de furos para se autopromover.

O segundo assegurou que acompanhou o primeiro por insistência deste, que teria implorado "se você não me ajudar a capturar o fugitivo eu juro que tenho um troço".

— Calma, Gutemberg.

— Você está dizendo "calma" porque não é com você. O Vicente corta a minha cabeça se eu não entrego o Paulo pra ele hoje. A culpa de tudo vai cair em cima de mim, como sempre, e eu estou irremediavelmente perdido.

— Calma, Gutemberg.

Bola fez sinal para um táxi.

Pelo visto, aquele não era o dia de Gutemberg, mas não era mesmo.

O táxi freou numa manobra inábil, espalhando a lama concentrada no meio-fio para todos os lados. Na direção, uma senhora gorda, de boina, fez uma enorme bola tutti-frutti com sua goma de mascar.

Além de todos os outros pavores, Gutemberg tinha mais esse.

— Mulher dirigindo, só com um comprimido.

– Calma, Gutemberg.

Bola entrou no táxi.

– Para o aeroporto, por favor.

Sem outra opção, o apavorado tirou seu vidro de calmantes do bolso e entrou atrás.

A motorista encarou o repórter.

– Impressionante como o senhor é a cara do Humphrey Bogart.

O advogado de Marcelo foi bastante claro: "a locação de um imóvel pode ser desfeita em decorrência da falta de pagamento do aluguel e demais encargos".

– E, neste caso particular, temos que admitir, o proprietário do imóvel já esperou demais para desfazer o contrato.

– Eu só preciso de mais uma semana.

– O problema foi a morte da fiadora. Eles agora não têm mais nenhuma garantia.

– A culpa não e minha. Eu não matei a dona Madalena.

– E nem pagou o aluguel nos últimos seis meses. E o proprietário exige receber o pagamento amanhã, sem falta.

– Como é que eu vou arranjar esse dinheiro de hoje pra amanhã?

– Nesse caso, você vai ter que entregar o imóvel.

– E desfazer o bar?

– Ou o pagamento, ou a chave, amanhã! O proprietário foi categórico.

– Você tem aí o valor da dívida?

– Duzentos e cinquenta mil cruzeiros.

– Duzentos e cinquenta mil?

– E uns quebrados. E ele quer em dinheiro vivo.

– Você tem uma aspirina? – foi a única ideia que ocorreu a Marcelo.

Nem bem o carro de Paulo dobrou a esquina, dona Madalena comemorou.

– Finalmente! O primeiro problema foi até mais fácil de resolver do que eu pensava. Ainda bem que o tal Gutemberg e o tal Balão me ajudaram.

– Bola, vó. O nome do homem é Bola.

– Falta agora resolver o segundo: as dívidas do Marcelo. Por sorte eu já tenho uma ideia e vou sair pra tomar minhas providências.

– Você acha que eu vou deixar você sair por aí tomando providências?

– E você acha que eu vou deixar ele perder aquele bar, que é o sustento da minha filha e dos meus quatro netos?

– Que quatro netos?

– O Artur e os outros três filhos que você e o Marcelo vão ter.

– Eu vou ter três irmãos?

— Mas vai ser sempre o preferido da vovó, meu amorzinho.

— Você já me descasou, já me casou e já me arrumou um monte de filhos. Que mais você vai inventar?

— Depois eu vejo. Primeiro eu vou fumar um cigarro.

Abriu a cristaleira da copa e tirou lá do fundo um maço que estava escondido.

— Você não parou de fumar?

— Na sua frente. Mas, agora que eu já morri mesmo, posso fumar quanto quiser e ninguém tem nada a ver com isso.

— E já que você morreu, eu caso com quem quiser e ninguém tem nada a ver com isso.

— Está vendo como ela me trata, Artur? É pra isso que servem os filhos. Crescem, acham que sabem viver sua vida e querem sair vivendo por aí, fazendo suas próprias escolhas. Tinha que escolher logo o vestido verde que me engorda pra eu ser enterrada com ele?

— Eu não estava com cabeça pra escolher vestido, mãe.

— Todo mundo deve ter comentado: a Madalena está uma baleia. Do jeito que aquelas velhas adoram uma fofoca!

A campainha tocou.

Confete começou a latir.

Edith espiou pela janela.

Dona Violeta, dona Juarezita e dona Vera, cada qual embaixo do seu guarda-chuva, vestiam luto.

— Falou nas velhas, elas aparecem. Se esconde, mamãe!

— Como é que você sabe que eu estou devendo dinheiro pra elas?

— Você está devendo dinheiro pra elas?

— Eu tinha que acabar morrendo mesmo, com o azar que eu estava. Não ganhava uma rodada!

Dona Madalena subiu as escadas com Confete no colo.

O aeroporto de São Paulo estava vazio.

— Eu não estou dizendo? Só nós dois somos loucos de viajar nessa tempestade!

— Calma, Gutemberg.

No balcão da empresa aérea, Bola fez o pedido para uma moça toda sorridente de uniforme azul-céu.

— Duas passagens para o Rio no próximo voo.

— O próximo voo está com um pequeno atraso.

— Avião atrasado geralmente está quebrado — Gutemberg se desesperou. — Não vou mais.

— Prefere ficar e enfrentar a ira do Vicente?

— Isso quer dizer: eu sou um homem morto. Ou morro assassinado, ou morro de desastre aéreo.

— Foi só um problema com uma pecinha — a moça sorriu.

— Pecinha quebrada só com outro comprimido — e tirou um vidro de calmantes do bolso, junto com o dinheiro.

— Alguém já lhe disse que o senhor é a cara do Humphrey Bogart? — a moça sorridente perguntou a Bola, enquanto emitia as passagens.

Antes de abrir a porta, Edith se concentrou para desempenhar o papel "está tudo bem".

– A gente veio saber como é que você está, querida.

– Está tudo bem, dona Juarezita.

– O que você precisar, é só falar – dona Vera ofereceu.

– Qualquer coisa – dona Violeta completou.

– Pode contar com a gente pro que der e vier – dona Juarezita garantiu.

– Nós somos como mães para você.

– Inclusive a dívida que a Madalena tinha com a gente você pode deixar pra pagar mais pra frente.

– Isso. Depois você paga.

– E se você quiser entrar no lugar dela no jogo, o lugar ainda tá vago.

– A Zélia não falou que vai entrar?

– Mas a preferência é da Edith.

– Eu agradeço.

– Você não vai nos convidar pra entrar?

– Outra hora. Agora eu tenho que dar banho no Artur.

– Mas eu acabei de tomar banho, mãe.

Sendo assim, com licença – dona Vera foi entrando.

– "Com licença" digo eu.

E Edith fechou a porta na cara das três.

Marcelo terminou admitindo que a vaquinha que os bêbados fizeram, mais a merreca que ele conseguira vendendo o carro, não somavam nem metade dos seus débitos.

Além do aluguel, as faturas dos fornecedores também estavam para lá de atrasadas.

Nunca deveria ter entrado para o ramo dos negócios.

Quando perdeu o emprego no jornal, devia era ter ficado quieto com suas filosofias e seus poemas que, se não dão dinheiro para ninguém, também não originam dívidas.

No caixa do bar, apenas no último semestre, acumularam-se contas e mais contas penduradas. Quem mandou vender fiado?

Ao final da reunião, prometeu ao advogado que entregaria a chave ao locador no dia seguinte.

– Você vai conseguir desmontar este bar inteiro nesse prazo?

– A não ser que você tenha duzentos e cinquenta mil cruzeiros pra me emprestar...

O advogado se despediu com um "então até amanhã".

– Você pode me dar uma carona até a Rua dos Flamboyants? – Marcelo pediu, um tanto envergonhado. – O meu carro está no conserto.

Além de mentir, omitiu a informação de que estava sem dinheiro para o táxi.

No que conseguiu despachar as velhas, Edith correu para o quarto da mãe.

Encontrou a velha pronta para sair.

– Avisem pra Consolação que eu não vou almoçar. Preciso resolver uns probleminhas que ficaram pendentes.

– E sair por aí assustando os outros?

– Vai ser engraçado – Artur intercedeu pela avó.

– Você acha que vai poder me esconder dos outros o resto da vida, Edith?

– Que vida?

– A sua. Ou você tem a doce ilusão de que eu vou conseguir descansar em paz enquanto você fica por aqui fazendo besteira?

– Como é que é?

– Você ainda não entendeu que eu vim pra ficar?

– Sinceramente, não.

– E se eu vim pra ficar, acho bom todo mundo ir se acostumando comigo por aí – pegou a bolsa e se dirigiu para a porta do quarto.

– Você não vai sair, mamãe.

– Uma hora eu tenho que sair daqui porque o tal Balão vai chegar, em seguida eu não posso mais sair porque não-sei-que-lá. Você não sabe o que quer, minha filha.

– Eu quero que você pare de me atormentar. Eu quero paz. Eu não quero que todo mundo saia dizendo por aí que eu tenho uma mãe fantasma. Nem quero que o tal Bola chegue aqui e publique no jornal essa história toda.

Edith se atravessou na porta, impedindo a passagem da mãe.

– Um cidadão tem o direito de ir e vir.

– Como você não é mais uma cidadã, perdeu os seus direitos.

– Eu não vou entrar numa discussão retórica sobre os direitos humanos, porque tenho mais o que fazer. E já que você sabe muito bem que se eu resolvi sair, eu vou sair, que tal pular essa parte e sair da minha frente, por favor?

– Será que eu vou ser obrigada a trancar você?

– Se você fizer isso, eu me mato!

– Você vai ter que inventar outra chantagem, que essa não funciona mais.

– É assim que você me agradece todo o amor que eu tenho por você?

A outra chantagem também não funcionou.

Depois de trancar a mãe no quarto e guardar a chave no bolso, Edith se afastou correndo, para não ouvir os xingamentos à sua pessoa.

Dona Consolação estava terminando de dar o almoço a Artur.

– A massa da torta desandou e eu tive que improvisar um ensopadinho. Também não há massa de torta que não desande com tanta desavença familiar.

— Eu e a mamãe não vamos almoçar.

— E eu posso saber por quê?

— Porque ela está trancada no quarto e eu preciso resolver essa situação.

— Situação de mal-assombro, só apelando pros espíritos.

— A senhora não me venha com macumba!

— Eu não faço macumba, faço ciências ocultas. É completamente diferente.

— Se a senhora não se incomodar, eu prefiro seguir os meus próprios métodos.

— Nos seus métodos também tem galinha preta, mãe?

— A dona Consolação vai levar você para a escola.

— Eu não quero ir pra escola, quero ficar com a minha avó.

— Você tem muito tempo pra ficar com a sua avó. Ou você tem esperança de que ela dê ouvidos aos métodos da sua mãe e resolva voltar pro céu?

O menino só se deixou convencer quando dona Consolação prometeu batatas fritas para o jantar. As duas só se esqueceram de recomendar a Artur que não comentasse na escola o aparecimento da avó. Esquecimento natural, devido aos ânimos alterados.

O negócio agora era pedir ajuda a Marcelo.

"Essas coisas não se falam por telefone", Edith ponderou, por isso resolveu ir pessoalmente até o bar.

Enquanto pegava a bolsa, ouviu a campainha.

– Cadê o Paulo? – Marcelo perguntou quando ela abriu a porta.

– Ainda bem que é você. Pensei que fosse o Gutemberg com o Bola a tiracolo.

– Quem?

– A mamãe deu o endereço daqui e eles estão vindo pra cá. Agora a gente tem que decidir o que fazem com ela.

– Ela quem?

– A mamãe, Marcelo.

– Você bebeu?

– Ela voltou tão atacada que já começou a incomodar todo mundo.

– Você bebeu o quê?

– Eu tive até que trancar ela no quarto.

– A sua mãe morreu, Edith.

– Grande novidade.

– Cadê o Paulo?

– Ela expulsou ele daqui. E então se vestiu toda pra sair por aí. Disse ela que ia resolver uns problemas que ficaram pendentes. Eu acho que são relativos ao bar.

– Você quer que eu ligue pro doutor Adalberto?

– O doutor Adalberto trata de pessoas vivas, Marcelo. O que é que ele pode fazer com uma morta?

– Eu estou falando de você. Você está precisando de um médico.

– Você acha que eu fiquei doida?

— Eu acho que você está muito nervosa.

— E não era pra estar?

— Você vai ter que se conformar que a sua mãe morreu, Edith.

— E você vai ter que se conformar que a minha mãe voltou, Marcelo.

— Isso não faz o menor sentido.

— Vamos lá no quarto dela. Aí você usa os seus próprios sentidos para ver com os seus próprios olhos.

— Se ela estiver lá, a gente se interna num hospício. Eu, você, ela, o Papai Noel e o Coelhinho da Páscoa.

— Então pode chamar ambulância para cinco.

Os dois subiram as escadas juntos.

Ela tirou a chave do bolso e abriu a porta.

Incrivelmente, ou não, o quarto de dona Madalena estava vazio.

Da janela se via a chuva que não parava de cair.

Edith se pôs a chorar feito criança.

— Ela foi embora e a culpa foi minha.

— Que culpa você tem se a sua mãe morreu?

— Quem mandou eu brigar de novo com ela?

— Vamos lá pra sala. Este quarto vazio traz muitas recordações.

— O quarto não estava vazio!

— Eu sei que não está sendo fácil pra você.

– Você não vai acreditar em mim?

– Não está sendo fácil pra ninguém, aliás.

– Você não vai acreditar em mim.

– Mas essa crise vai passar. Pelo menos o Paulo saiu da vida da gente, graças a Deus!

– Graças a Deus indiretamente. Porque quem mandou ele embora foi a mamãe.

– Isso faz anos, Edith.

– Isso faz minutos, Marcelo.

– Eu vou ligar pro doutor Adalberto.

– Você insiste em achar que eu fiquei louca.

– Eu insisto em achar que fantasmas não existem.

– Você não vai ligar pro doutor Adalberto. Eu não quero que ninguém mais fique sabendo dessa história. Só contei pra você porque tive a ilusão de que você era a única pessoa que podia me ajudar.

– Eu estou tentando. Mas se você também não se ajudar, fica impossível. Como é que eu posso passar o dia lá, desmontando a porcaria daquele bar, sabendo que você está aqui nervosa desse jeito?

– Você vai desmontar a porcaria daquele bar?

– A última coisa que eu queria hoje era trazer mais preocupação pra você.

– Vocês me escondem tudo, me poupam das verdades, e me tratam como anormal porque eu não sirvo pra nada, ou eu não sirvo pra nada porque vocês me escondem tudo, me poupam das verdades e me tratam como anormal?

– Do que é que ia adiantar você saber?

– Saber o quê, pelo amor de Deus?

– Que o bar faliu. Que eu estou devendo um dinheirão. Que eu tenho que entregar o imóvel pro idiota do proprietário até amanhã. Em resumo, que eu não tenho saída.

Em vez de chorar mais ainda, seu primeiro impulso, ela enxugou as lágrimas, levantou a cabeça, e falou de um jeito tão atrevido que até pareceu a mãe:

– Eu tenho uma saída.

– Você tem duzentos e cinquenta mil cruzeiros embaixo do colchão?

– Eu vou vender o Citroën.

– Não paga metade da dívida.

– Eu vendo a casa.

– Está em espólio. Não ia dar tempo. Nem eu ia aceitar.

– Eu falo com o idiota do proprietário.

– É a dona Madalena em segunda versão. Você pensa que herdou o mundo da sua mãe? Você acha que o sujeito ia perdoar a minha dívida pelos seus belos olhos?

– Tem que haver alguma solução. Pra tudo tem um jeito. Até pra morte, pelo que ficou provado.

– Tem um jeito, sim. Fechar o bar hoje e começar a procurar um emprego amanhã.

– E o que é que você está fazendo aqui, se deveria estar lá dando um jeito nisso?

– E deixar você aqui nesse estado?

Ela levantou ainda mais a cabeça e ficou ainda mais parecida com a mãe.

— Você não tem noção do estado em que eu posso chegar se você não sair daqui pra resolver isso agora, neste exato minuto. Eu vou começar a contar até sessenta, Marcelo. E, se eu fosse você, não estaria aqui quando eu chegar no quarenta e cinco.

— Por que quarenta e cinco?

— Um, dois, três, quatro...

Edith nem tinha chegado no quinze e Marcelo já estava na rua.

"Dois a zero para dona Madalena", Paulo estava com ódio de ser obrigado a pegar a estrada e deixar Edith de novo, desta vez, o que era pior, deixar Edith de mão beijada para o palhaço do Marcelo.

E numa situação daquelas!

Com um fantasma metido dentro de casa!

No que dobrou a esquina do Convento dos Franciscanos, freou automaticamente.

Sempre que via Edith, acontecia esse terremoto lá dentro dele.

Desde a primeira vez.

Praia de Copacabana.

Posto Seis.

Nunca ia esquecer aquela visão.

Ela saindo do mar.

Ela deitando de bruços numa esteira de palha.

Ela penteando os cabelos molhados.

A pelada inteira parou para olhar. O palhaço do Marcelo também estava jogando. Sempre jogou mal o palhaço do Marcelo.

Ela penteando os cabelos molhados, deitada na esteira de palha, e uma dezena de marmanjos olhando aquela perdição, até que uma senhora histérica gritou da calçada: "Edith!"

Foi assim que ele ficou sabendo que o nome dela era Edith.

E que a mãe dela era histérica.

Repetiu esse nome na cabeça semanas e semanas antes de ter coragem de pronunciá-lo.

Então veio a oportunidade de dançarem juntos numa festa em Paquetá, e aquele sorriso de surpresa que ela sorriu quando ele acertou o seu nome, e o namoro escondido, e o escândalo que dona Madalena fez quando ficou sabendo, e a gravidez, e novo escândalo de dona Madalena, e o casamento apressado, e as não sei quantas milhões de brigas, e o nascimento do Artur, e o convite para jogar em São Paulo, a dúvida, a confusão, a separação.

O Convento dos Franciscanos continuava igualzinho.

Só faltava ela.

A cerca de arame farpado continuava torta.

A vida dele também.

O roseiral continuava lindo.

Será que ainda existia aquele restaurante no Posto Seis?

Marcelo fez questão de se despedir de todos os objetos do bar, um por um.

Adiou a promessa de parar de beber para depois que não tivesse mais nada: resto de estoque, namorada, esperança nenhuma.

Lembrou-se de Schopenhauer: *"todos viemos ao mundo cheios de pretensões de felicidade e prazer, e conservamos a insensata esperança de fazê-las valer, até o momento em que o destino nos aferra bruscamente e nos mostra que nada é nosso, mas tudo é dele".*

Havia chegado o momento de o destino vir buscar tudo o que havia lhe emprestado até ali.

Uma dose de vodca.

Durante meses se aproveitara da ridícula condição de "queridinho da sogra" para levar à frente algo que, no fundo ele sabia, não tinha futuro, não podia dar certo, não era direito.

Fora sempre um prêmio de consolação para Edith e se acostumara com o cargo.

Nunca tivera a audácia de reclamar amor em troca, nem julgava que merecesse.

Uma dose de uísque.

Sempre convivera com a sensação de que vivia esperando o juiz apitar o início da partida.

Até então sua existência tinha sido um longo treino.

Ganhava aqui, perdia ali, e, se não estava valendo, que diferença fazia?

Uma dose de gim.

O barulho da caminhonete só piorou o seu sentimento de autopiedade.

Venceslau e Nepomuceno entraram no bar já brigando.

— Você leva as mesas e eu levo as cadeiras.

— Você acha que eu sou cretino? Uma mesa pesa muito mais do que uma cadeira.

— Em compensação, tem quatro vezes mais cadeira do que mesa para carregar.

A culpa de ter mandado a mãe embora não parava de atormentar Edith.

E dona Consolação que não chegava.

A questão Paulo e Marcelo colaborava muito com o tormei.'o.

E dona Consolação que não chegava.

Não dava para negar que sempre que Paulo aparecia deixava ela assim, boba.

E dona Consolação que não chegava.

Não dava para negar também que sempre que Paulo aparecia, e deixava ela assim boba, acabava dando mais motivo para desconfiança. Cada vez uma novidade. Era convite para jogar sabe-se onde, pelo mundo, era bilhete de mulher no bolso, era boato de namoro com vedete, era história mal-explicada.

Agora esse tal Gutemberg com esse tal Bola a tiracolo. É claro que aí tinha coisa.

E dona Consolação que não chegava.

Como é que ela tinha coragem de ficar pensando em Paulo naquelas circunstâncias: a mãe morta e o Marcelo falido?

Como é que ela tinha coragem de ficar pensando em Paulo e Marcelo com ela própria naquelas circunstâncias: a mãe morta e ela perdida?

A culpa de ter mandado a mãe embora não parava de atormentar Edith.

E dona Consolação que não chegava.

O avião decolou apesar do mau tempo.

– Uma turbulência dessas, só com outro comprimido – Gutemberg tirou suas pílulas do bolso e chamou a aeromoça com um gesto.

– Eu tenho certeza que ele não vai desistir.

– Sinceramente, Bola, a última coisa que me preocupa agora é se o Paulo vai desistir ou não.

– Trata-se de um jogo oficial!

– Enquanto a gente não desembarcar no Rio eu não vou conseguir pensar em outra coisa a não ser em hélice, motor, asa e trovão.

– Ainda se fosse um amistoso!

– E pecinha quebrada, naturalmente.

– Ninguém em sã consciência perderia uma chance de entrar pra Seleção.

– Tem louco pra tudo. Até pra embarcar em avião enguiçado.

– Calma, Gutemberg!

A aeromoça se aproximou de Gutemberg.

– Antes de trazer um copo-d'água, a senhorita pode confessar: o avião vai cair, não vai?

– Eu espero sinceramente que não – ela sorriu, e se virou para o Bola: – já lhe disseram que o senhor é a cara do Humphrey Bogart?

– **Demorei** porque fui ao cemitério acender uma vela – a empregada chegou em casa se explicando. – Cadê a reencarnada?

– Desencarnou.

– Nada como uma conversa com o anjo da guarda de uma pobre alma penada.

– Quer dizer então que foi a senhora quem fez ela ir embora?

– Eu só acendi a vela. Ainda não sei subir aos céus.

– Eu quero a minha mãe de volta, dona Consolação.

– Neste ponto eu vou ter que concordar com a falecida: você é muito indecisa, menina. Não estava ainda agora dizendo que ela não podia ficar aqui?

– Como é que ela foi embora sem nem se despedir de mim?

– Parece até que não conhece sua mãe. E ela só não faz o que lhe dá na telha? O doutor Gaspar, Deus o tenha, é que dizia "a Madalena pensa que o Hemisfério Sul da Terra é todo dela". Mal sabia ele que ela ainda havia de querer controlar a Terra inteira, o céu, e o caminho entre um e outro.

– Eu não vou saber viver sem a mamãe.

– E quem disse que você vai ter que viver sem a sua mãe? Pra viver sem ela, só se você vivesse sem você mesma e essa sua teimosia de mula, igualzinha à dela, e o jeito de roer a unha, que o Artur já sabe imitar também, e a mania de enlouquecer os outros, e o gosto por cachorro, gato, Vick Vaporub, livro velho, música triste, cantor francês, ator italiano, sem falar no que eu não falei. Pra viver sem ela, só se você perdesse a memória, isolai três vezes na madeira, pela cruz de Nosso Senhor.

E dona Consolação bateu três vezes na madeira, e pôs a cabeça de Edith em seu colo e começou a rezar o Pai-Nosso em guarani, como fazia há mais de 25 anos, desde o dia em que a menina nascera.

— *Ore Rúva, yvápe ereivae, imbojeroviaripýramo nde réra marangatu toíko...*

O rádio da casa de dona Juarezita tagarelava notícias esportivas.

Na mesa da sala, as quatro velhas jogavam placidamente uma partida de pôquer, como se fossem apenas quatro velhas jogando placidamente uma partida de pôquer na mesa da sala.

— Quem mais você viu fora São Pedro?

— O Humphrey Bogart, lindíssimo — Dona Madalena respondeu, toda orgulhosa.

— No tempinho que você passou no céu ainda deu tempo de ver o Humphrey Bogart?

— Ele até tirou o chapéu quando me cumprimentou.

— Isso é mentira sua.

— Eu duvido que ela tenha ido pro céu sem nem passar pelo purgatório.

— Eu não duvido mais de nada.

— Nem eu. Depois que eu soube que vocês iam botar a Zélia pra jogar no meu lugar.

— Que graça tem jogar pôquer de três? — ponderou dona Violeta.

— Foi só eu dar as costas e vocês já foram logo me trocando por outra.

– Você morreu porque quis, Madalena – dona Vera se justificou.

– Mas justo a Zélia?

– Eu acho a Zélia uma ótima companhia – dona Juarezita falou, só para implicar.

– Nem pra ir no meu enterro!

– Ela estava doente, coitada.

– Uma enxaquecazinha de nada.

– Mas mandou flores.

– Meia dúzia de cravos de defunto feios e murchos! A Zélia é uma velha avarenta.

– Avarenta ou não, sempre que ela perde, ela paga. Pior é você, que já nos deve uma fortuna.

– Só vou dar um aviso: se vocês tiverem a coragem de colocar a Zélia no meu lugar, eu juro que falo com Deus pra Ele só mandar ás pra ela.

– Ela está se exibindo pra gente – acusou dona Vera. – Duvido que Deus escute as besteiras que a Madalena diz.

– Pois fiquem sabendo que Ele me mandou para uma grande missão.

– Você tem acesso direto a Deus?

– Tudo o que eu peço ele faz. Por isso eu não pude negar quando Ele me pediu pra voltar à Terra e resolver os problemas da humanidade.

– Só me faltava acreditar que Deus mandou você voltar à Terra pra resolver os problemas da humanidade, Madalena.

– Você já viu alguém voltar antes de mim?

– Ver com os meus próprios olhos, eu nunca vi, mas a Zélia sempre conta que a prima dela via o fantasma do avô na biblioteca.

– Grande coisa fantasma de biblioteca! Só serve pra assustar criança. Eu quero ver fantasma decidido feito eu, fantasma de verdade que vem a serviço dos anjos.

– Eu não acredito que os anjos estivessem preocupados em saber se a Edith ia voltar pro Paulo ou não ia.

– Vocês acreditem se quiserem, mas Deus me mandou para ajudar as criaturas e é isso que eu vou fazer. E quem quiser, que me siga.

– Seguir para onde?

Dona Madalena baixou na mesa um *four* de ases.

– Desliguem essa porcaria de rádio que está massacrando os meus ouvidos e eu explico pra vocês o meu plano infalível.

Não tivessem desligado o rádio, as quatro teriam ouvido o locutor anunciar a escalação do time brasileiro que jogaria contra o Paraguai no dia seguinte, no Estádio do Pacaembu, com Paulo Jorge na meia-esquerda.

Durante o seu depoimento, a professora do pré--primário mostrou uma foto antiga, da época em que se deu a história: os alunos perfilados ao seu lado.

"O de gravata torta é o Artur."

Falou que se lembrava de tudo, apesar da arteriosclerose adquirida recentemente.

Lembrou até que havia notificado a direção da escola com um pequeno relatório escrito em papel timbrado.

"Foi no ano de uma Copa do Mundo. 1962? Não. 1958, acho eu". O garoto deixou a classe inteira em rebuliço com aquela conversa.

– Ela foi pro céu, mas depois desfoi.

– Desfoi como?

– Desindo.

– Isso é lembrança, Artur. Você sempre vai ter a imagem da sua avó na lembrança – a professora disse, tentando acalmar a classe.

– Não é lembrança, não. É fantasma mesmo!

– Ela atravessou a parede? – um gordinho perguntou.

– Não.

– Então não era fantasma – o gordinho concluiu.

– Era.

– Não era.

– Era.

A professora citada só não lembrou o nome do gordinho.

O restaurante do Posto Seis também continuava igualzinho.

Paulo escolheu uma mesa na varanda.

Ficou olhando o mar.

No rádio, uma divina voz feminina cantava.

O seu coração estava batendo diferente, ele sentia, uma batida diferente da batida do seu coração e de todas as outras.

Durante o resto de sua vida Paulo atribuiu àquele instante, àquele mar, àquela música, àquela tristeza que não saía dele, não saía dele, não saía, a resolução de mudar. Fazer diferente. Havia descoberto o óbvio. Não dava para ser feliz sem ela.

"Foi a primeira vez que ouvi *Chega de saudade*", ele repetiria muitas vezes ainda essa informação, todo orgulhoso, como se a condição de ouvinte lhe atribuísse mérito de coautor da canção.

A boca de Edith. O sorriso de Edith. Os olhos de Edith. O corpo de Edith. As pernas de Edith. Os braços de Edith. Não existia lugar melhor do que esse.

Que se danassem a Copa do Mundo, e as almas do outro mundo e o mundo inteiro.

Nada separaria os dois novamente, ele jurou, pediu a co. ' e repetiu o juramento, nada separaria os dois novamente.

O plano de dona Madalena era relativamente simples.

— Marcamos às sete em ponto no bar do Marcelo, hora em que eu aparecerei para os pecadores. Vocês acham muito caro quinhentos cruzeiros por perdão?

Dona Juarezita, dona Vera e dona Violeta, a princípio, ficaram indignadas.

— Então você pretende vender indulgências?

— Mas isso é um pecado igual ou pior do que os outros.

— Nós não estamos no século dezesseis.

— Qualquer pessoa sabe que Deus não vende perdões e que a indulgência só pode ser obtida pela confissão e pelo arrependimento dos pecados.

— E o lugar para se confessar e se arrepender é uma igreja e não o bar do Marcelo.

— Eu vou citar só este parágrafo do Código de Direito Canônico para calar a boca de vocês — Dona Madalena tirou um papel da bolsa e começou a ler: "Indulgência é a remissão, diante de Deus, da pena temporal devida pelos pecados já perdoados quanto à culpa, que o fiel, devidamente disposto e em certas e determinadas condições, alcança por meio da Igreja, a qual, como dispensadora da redenção, distribui e aplica, com autoridade, o tesouro das satisfações de Cristo e dos Santos".

— Isso apenas comprova a nossa teoria de que só a Igreja pode dispensar redenções.

— Quem manda na Igreja? Deus. E quem manda em Deus? Eu. Comprovado?

— Comprovado que Deus manda na Igreja, mas quem comprova que você manda em Deus? — dona Vera duvidou.

— Eu sou a prova de que eu mando em Deus, uma vez que fui eu quem mandei Ele me mandar de volta à Terra.

— E como é que a gente pode ter certeza disso? — raciocinou dona Juarezita.

— Vocês acham que Deus ia me mandar assim, da cabeça Dele, se eu não tivesse convencido Ele de que era a pessoa certa para vir?

— Comprovado — deduziu dona Violeta.

— E não foi em nome de Deus que Cristo afirmou que é mais fácil um camelo passar pelo buraco de uma agulha do que um rico entrar no reino do Céu?

— Que eu saiba, foi.

— O que estamos fazendo, logo, trata-se de uma providência divina. Só vamos convidar gente rica, e diminuiremos um pouquinho a riqueza dos pobres coitados, aumentando a chance deles de entrar para o reino do Céu. Para essa gente tanto faz quinhentos cruzeiros a menos ou quinhentos cruzeiros a mais, enquanto aquele bar é o sustento do pobre rapaz.

— Então você confessa que quer levantar esse dinheiro para salvar o bar do Marcelo?

— Desde o início eu não falei que estou aqui para salvar? Vou começar pelo bar do Marcelo e depois eu salvo o resto do mundo.

Ela se levantou da mesa, decidida, antes de ameaçar:

— E se vocês não querem me ajudar, pior para vocês. Vão perder o maior acontecimento que o Rio de Janeiro já viu. Adeus.

As três se cutucaram.

— Madalena! — chamou dona Violeta.

— A gente não pode deixar você sozinha com esse abacaxi — observou dona Vera.

— Como é que podemos ajudar? — perguntou dona Juarezita.

— Ora, que pergunta. Quem consegue espalhar um boato melhor do que vocês?

— A Zélia — concordaram as três.

— Então liguem para ela e se mexam, suas incompetentes. Vamos encher aquele bar de gente. Vai ser o maior faturamento da história dos bares no século vinte.

Paulo entrou no seu carro decidido a encontrar Gutemberg e o repórter, e a assumir todas as consequências da decisão de não jogar no dia seguinte, e nem nos próximos, e nem nunca mais. Então conquistaria Edith de novo, pois era óbvio que ela não amava o palhaço, só dissera aquilo para que ele fosse embora de lá e não desse de cara com o fantasma da dona Madalena.

E o fantasma da dona Madalena?

Alguma solução ele havia de encontrar.

Um padre.

Um exorcista.

A polícia.

O exército.

O FBI.

A ONU.

Sabe Deus quem.

Passou pela escola de Artur e ficou um tempinho escondido, assistindo ao recreio dos alunos pela grade.

Alguns brincavam na areia.

Outros preferiam o balanço.

Artur jogava bola.

Gol de Artur.

Esse menino ainda ia jogar no Flamengo.

Esse menino, aliás, ainda ia jogar na Seleção Brasileira, Paulo pensou, antes de seguir seu caminho.

Assim que recebeu o telefonema de dona Juarezita, dona Zélia pegou os óculos, a agenda e começou a trabalhar.

Selecionou os nomes na seguinte ordem:

1. Saldo bancário.

2. Influência política.

3. Sucesso com a mídia.

4. Capacidade de beber.

5. Habilidade para divulgar a fofoca.

Deu oitenta e sete pessoas, entre empresários importantes, dondocas, colunistas sociais, artistas e viúvas desocupadas.

Fez a primeira ligação.

– Trata-se de um acontecimento imperdível, doutor Alvim. Se presenciar um milagre já é uma dádiva divina concedida a poucos, imagine o senhor presenciar um milagre na presença do Rio de Janeiro inteiro!

Tirando as pessoas que haviam viajado, mudado de telefone ou se negado a receber um telefonema de dona Zélia naquela hora do dia, ela somou sessenta e três convidados.

Seis mais três, nove, noves fora, zero, ou seja, era um bom número aquele.

Preocupada em não estragar a surpresa que estava programada para as sete da noite, dona Madalena se fez passar desapercebida pela rua.

Entrou numa loja que jamais havia entrado para ter certeza de que não seria reconhecida.

A vendedora veio ajudar.

– Eu quero a roupa mais deslumbrante que alguém já vestiu.

– É para uma festa?

– Algo que fique adequado a uma enviada do Senhor.

– É um tipo de religião?

– Mas que não engorde.

A incansável vendedora mostrou peças e peças deslumbrantes, pretas, estampadas, bem cortadas, e a compradora não se agradava de nada.

– Você tem algum vestido branco esvoaçante?

– **É a dona** Vera – a empregada anunciou.

– Fala que eu saí. Não estou com a menor paciência para velha fofoqueira hoje.

– Isso é realmente lamentável, uma vez que você vai precisar de muita paciência hoje ainda, Edith. A sua mãe mandou convidar todas as velhas fofoqueiras; da cidade para a festa de hoje à noite – dona Vera adentrou a sala, excitadíssima.

– Minha mãe?

– Em carne e osso. Só não sei onde ela arranjou a carne e o osso que todas nós vimos descer à terra com estes próprios olhos que essa própria terra há de comer

– A cabeça dura engambelou o anjo da guarda e reencarnou outra vez! – dona Consolação fez o sinal da cruz.

– Não só reencarnou como ganhou uma rodada de pôquer e ainda nos mandou convidar todo mundo para uma festinha no bar do Marcelo, às sete da noite. Eu achei que isso interessaria a vocês.

À medida que dona Vera ia contando o plano, percebia-se a dimensão do problema.

– Ou seja, ela está solta por aí! – Edith interrompeu a velha, pediu à dona Consolação que fosse buscar Arthur na escola e saiu desabalada atrás da mãe.

Confete foi atrás.

Eles iam precisar mesmo de um bom faro.

Paulo sabia que ia encontrar muitas dificuldades pela frente: convencer Gutemberg da sua decisão, convencer Edith a aceitá-lo de volta, e convencer a velha doida de que lugar de alma é no céu, ou seja lá onde fosse que Deus a tivesse.

Podia demorar horas.

Podia demorar dias.

Podia demorar meses.

Nem por isso ele ia desistir.

Estacionou o carro em frente ao hotel mais próximo da casa de dona Madalena, um moquiço que ficava em cima da padaria.

O funcionário da recepção comentou que ouvira o seu nome no rádio, "o senhor não é o Paulo Jorge, meia-esquerda?"

Depois de parabenizar o ilustre hóspede pela convocação, pediu "vê se trucida aqueles paraguaios" e então perguntou "o senhor não deveria estar treinando para o jogo?"

Paulo sabia que ia encontrar muitas dificuldades pela frente, só não contava com aquela.

Assim que saiu do hotel, antes de chegar à esquina, topou com dona Violeta, extasiada, "você não tem ideia do que está por acontecer".

Marcelo, Venceslau e Nepomuceno estavam atrasadíssimos com a mudança, numa razão de uma dose para cada um por objeto transportado.

Dona Juarezita chegou esbaforida.

— Podem parar com essa bagunça que hoje temos evento no bar.

— Não vai ter mais bar — Marcelo virou uma taça de conhaque.

— Vamos ter que arranjar outro lugar para beber — Venceslau virou a taça dele.

— A senhora aceita um pra esquentar? — Nepomuceno ofereceu sua taça para ela.

— Eu não costumo beber trabalhando. Parem de dar baixa nesse estoque e arrumem tudo bem bonito porque esta noite promete.

— O bar não vai abrir esta noite, dona Juarezita.

— Faliu.

— Acabou.

— Entendeu?

— A Madalena mandou dizer que vai ter bar esta noite sim e que pode deixar os preparativos da festa por conta da gente.

— Será que a cidade inteira ficou doida? — Marcelo virou um copo de uísque. — Agora deram para falar em gente morta como se estivesse viva.

Depois de escolher o vestido branco esvoaçante, dona Madalena foi para casa se arrumar, pois não queria aparecer na festa com aquela cara de enterro.

Estranhou a ausência da filha, do neto e da empregada, mas achou melhor assim e até se apressou para não precisar encontrá-los. Não estava com vontade de discutir dogmatismos, códigos canônicos ou métodos de resolução de problemas.

Vestiu-se rapidamente.

Usou pouca maquiagem, como convinha a uma alma séria.

Saiu antes que chegasse alguém.

O táxi de Gutemberg e Bola parou bem na sua frente.

— A senhora pode me dar uma informação? — Gutemberg gritou pela janela do carro.

— Pois não?

– Rua dos Flamboyants?

Ela teria que raciocinar rápido. Do jeito que Paulo era teimoso, era bem possível que não tivesse voltado para São Paulo. E do jeito que era covarde e estava fugindo daqueles dois, o melhor era tê-los por perto, para qualquer eventualidade. Levaria o Gutemberg com ela, para descobrir no caminho o que Paulo aprontara dessa vez, e assim teria mais um argumento contra ele. Deixaria o repórter em casa, para o caso de Paulo aparecer por lá. Perfeito.

– O senhor está procurando o Paulo Jorge?

– Como é que a senhora adivinhou?

– Intuição feminina.

– Ele deve estar bebendo no bar, mas é possível que venha importunar a ex-mulher a qualquer instante.

– Intuição feminina?

– Exatamente. O Balão fica aí vigiando pra ver se o estabanado aparece e nós vamos até o bar procurar por ele – ela entrou no táxi.

– Que Balão? – Bola perguntou.

– Eu posso lhe assegurar, porque estive com ele pessoalmente ainda ontem: você é, escrito, o Humphrey Bogart.

– Mas o Humphrey Bogart não morreu ano passado? – estranhou Gutemberg.

A mãe do gordinho depôs contra aquilo que nomeou de engodo.

Ofegou, enrubesceu, se exasperou.

Fez de tudo para defender o seu ponto de vista.

Nada do que disse comprovou a veracidade do milagroso aparecimento de dona Madalena, é verdade.

Não acrescentou, aliás, nenhuma informação relevante, a não ser o nome do gordinho: André Wilson.

– Fui buscar o André Wilson no colégio e encontrei as crianças descontroladas. Diziam que a avó do Artur tinha virado fantasma. Nós, do Conselho de Pais, sempre soubemos que a avó do Artur nunca bateu bem da bola. Eu só não sabia que o neto tinha puxado a ela. Fui direto na coordenação fazer a queixa. Não admito que meu filho seja prejudicado pelos colegas, eu falei, e ameacei que se o Andrezinho ficasse traumatizado, eu entraria com um processo na Justiça, por danos morais. A coordenadora garantiu que aquilo não ia acontecer mais. E não é que uma daquelas amigas da doida estava na saída da escola entregando panfletos assustadores?

"Milagres acontecem! Reze uma Ave-Maria e venha conferir pessoalmente a manifestação divina em toda a sua graça, num sensacional fenômeno de reencarnação.

Imperdível!

Local: Marcelu's Bar.

Endereço: Rua Saint Roman, 16 – Copacabana

Horário: 19 h

Traje: a caráter

A apresentação deste dá direito a dois drinques".

Dona Consolação recebeu o folheto das mãos de dona Vera, comentou "se vocês recebessem uma moeda por cada insanidade que inventam já estariam milionárias" e tratou logo de tirar Artur dali, antes que mães ou alunos se exaltassem além da conta.

O telefone do bar não parava de tocar.

– Reserva para mais cinco! – Venceslau gritou.

Marcelo conferiu suas anotações.

– Fala que lotou. Não há mesa para o Rio de Janeiro inteiro.

– Depois você reclama que faliu. Fica dispensando clientes! – Nepomuceno observou. – Faz a reserva que a gente arranja umas mesas extras.

Confete entrou na frente.

Edith veio atrás.

– Eu só espero que vocês não estejam dando crédito a mais essa maluquice da mamãe.

De quem é a maluquice isso eu não sei, só sei que o Marcelo vai faturar como nunca – Venceslau disse, antes de atender outra ligação e fazer nova reserva. – A gente inclusive parou de beber pra não prejudicar o estoque.

– Na verdade, a gente parou de beber pra ver se essa história de assombração é invenção de vocês ou efeito da cachaça.

– Você pode me explicar que história de assombração é essa?

– Eu falei pra você que ela tinha voltado, você é que não quis acreditar em mim.

– Eu só acredito vendo.

– E resolveu pagar pra ver?

– Ele não vai pagar pra ver – explicou Venceslau. – Vai receber.

– E pelo visto vai receber muito bem – Nepomuceno consultou sua lista de reservas.

Edith puxou o namorado para um canto.

– Você não pensa em mim?

– Eu não penso em outra coisa.

– Se você permitir essa maluquice no seu bar, vai estar contribuindo para destruir a minha vida.

– Eu não estou destruindo a sua vida. Também sou contra enganar os outros, mas não tenho nada a ver com isso. Apenas cedi o espaço para as quatro velhas. Também não posso abrir mão de uma noite de faturamento, mesmo que essa noite de faturamento seja uma maluquice qualquer que aquelas malucas inventaram.

– Comandadas pela mais maluca de todas: a minha mãe.

– Eu não acredito em alma do outro mundo; não adianta, isso não tem lógica.

– Mas tem lógica me expor, assim, eu e a minha família, por causa de dinheiro?

– Você não vai se expor, quem vai se expor são elas. O que é que você viria fazer aqui?

– Tentar impedir que ela venha fazer esse escândalo.

– Ela não vem, Edith. Ela está morta. É triste, mas é a realidade, e vocês vão ter que acabar admitindo isso.

– Fica aí com a sua lógica e a sua realidade, Marcelo. Eu cansei.

Edith respirou fundo, deu as costas, e lá se foi à procura da mãe.

Bola estava sentado na soleira, tentando se proteger da chuva, quando o menino chegou do colégio com a empregada.

– O senhor é o Gutemberg?

– Eu sou o Bola. Você é o filho do Paulo?

– Não é a cara do pai? – dona Consolação perguntou, orgulhosa.

– Será que eu posso esperar o pai dele?

– Esperar, o senhor pode. Só não sei dizer quanto tempo, pois hoje está um tal de vai e volta aqui, que ninguém pode afirmar quem foi, quem volta, de onde e nem quando.

Os três entraram.

– O senhor fique à vontade que eu vou fazer um café.

Bola e Artur ficaram sozinhos na sala.

No enorme retrato pregado na parede em frente ao sofá, dona Madalena sorria.

— Quem é essa senhora?

— É a minha avó.

— Mas a sua avó não morreu?

— Morreu. Mas esse retrato é do tempo em que ela ainda estava viva.

— Isso eu entendi. O que eu não entendi foi: se ela morreu, como é que ela estava lá fora, na calçada?

— É que ela morreu primeiro e desmorreu depois.

— Não entendi.

— Ninguém entende.

— Quando foi que ela morreu e quando foi que ela desmorreu?

— Ontem ela morreu, teve o enterro, todo mundo chorou e tudo. Hoje ela voltou do céu pra resolver uns problemas que ficaram pendentes lá no bar do Marcelo.

Artur tirou do bolso o panfleto da festa e entregou para Bola.

O repórter leu as informações e foi deduzindo aos poucos o absurdo.

A campainha tocou.

Era Paulo.

— Cadê o Gutemberg?

— Está com o fantasma da sua ex-sogra num bar — Bola respondeu, antes de sair correndo.

O motorista do táxi que levou dona Madalena e Gutemberg afirmou que jamais esqueceria aquela corrida, "não é sempre que entra um passageiro da Confederação Brasileira de Desporto no táxi da gente, na véspera de um Brasil x Paraguai".

Antes de descrever o diálogo, ele comentou ter percebido o interesse do passageiro pela passageira, "o velho estava interessado na velha", foram as palavras dele. "Mas foi ela quem puxou assunto."

– O seu amigo então é jornalista?

– Ele tinha uma entrevista marcada com o Paulo para hoje. Uma exclusiva. Ele não ia ficar sem esse furo.

– Só me faltava essa. O Paulo dando entrevistas? – a velha desdenhou.

– A senhora não lê os jornais? Não se fala em outra coisa desde que ele foi convocado.

– Convocado para depor num inquérito criminal?

– A senhora realmente não lê os jornais. Ele foi convocado para a Seleção Brasileira.

– Vocês estão falando do Paulo Jorge, meia-esquerda? – o motorista não conseguiu se controlar e se meteu na conversa.

– Ele ia jogar amanhã, mas a sogra morreu, ele teve que vir para cá e agora cismou que não volta de jeito nenhum. Vai perder a seleção por causa da ex-mulher, o irresponsável.

– O camarada só pode estar doido de ser convocado e não ir – o motorista observou.

– A senhora é o quê dele? – o homem estava realmente interessado na velha.

– Eu tenho uma conversa muito séria pra ter com o senhor – ela respondeu, e eles desceram do táxi.

Eram mais de cinco da tarde.

– Espera aqui um minuto – Dona Madalena deixou Gutemberg lá fora e entrou no bar.

Marcelo, Venceslau, Nepomuceno, dona Vera, dona Violeta, dona Juarezita e dona Zélia terminavam os últimos preparativos para o evento.

Balões presos no teto, fitinhas coloridas, arranjos florais em cima das mesas.

– Isso está muito mais para aniversário de criança do que para um lugar milagroso – comentou o fantasma.

As mulheres presentes ficaram furiosas.

– Nós trabalhamos feito umas mouras e você ainda acha ruim?

– Se não gostou, desarrume tudo e arrume do seu jeito.

– Só não peça mais a nossa ajuda.

– Você passa os abacaxis pra gente e depois vem reclamar!

– E você que nem foi no meu enterro? – Dona Madalena disse na cara de dona Zélia. – Essa eu levei pro túmulo e jamais vou esquecer.

Os homens não disseram palavra.

Não era mentira.

Não era ilusão.

Não era boato.

Não era cachaça.

Era assombração da braba.

Assim que Bola saiu com sua máquina fotográfica e seu bloquinho de anotações, Edith chegou em casa sem mais nenhuma esperança.

Sentiu alguma, não sabia bem com relação a quê, nem se o nome daquilo era esperança, no que descobriu que Paulo não tinha ido embora, como ela pensava.

— Alguém viu a mamãe?

— O Bola viu — Artur respondeu. — Lá fora, na calçada.

— Até repórter vai ter nesse circo que ela armou para aparecer. Amanhã, provavelmente, sua mãe vai ser capa de jornal.

— Você fala como se a culpa fosse minha. O que é que eu posso fazer senão tentar impedir?

— Fugir. Eu, você e o Artur.

— E deixar a mamãe aqui fazendo papel de palhaça?

— Você prefere participar da palhaçada a ir comigo e o nosso filho para Casablanca?

— Casablanca?

— Lá, pelo menos, as mulheres terminam as histórias com os maridos. Mesmo que não queiram.

— Essa não é uma história de amor, Paulo, é de fantasma.

— Então só nos resta chamar as autoridades competentes.

— Você quer piorar o escândalo?

— Eu quero acabar com isso pra você voltar logo pra mim.

A esperança se mexeu, lá dentro dela.

Aumentou.

Balançou.

Diminuiu.

Quantas propostas e promessas como aquela já tinha ouvido antes, com centenas e centenas de decepções posteriores?

— Eu vou para o bar tentar impedir essa palhaçada.

Ele nem perguntou se ela aceitava companhia.

— Eu vou junto — avisou apenas.

Antes de sair, foram se despedir do filho.

— Toma conta da dona Consolação pra ela não fazer nenhuma besteira e vê se não dorme tarde.

— Eu vou esperar a minha avó pra dormir com ela. Não quero dormir sozinho. Eu tenho medo de fantasma.

— Dois fantasmas não aparecem no mesmo dia, na mesma casa — dona Consolação quis convencer o menino. E completou: — Aliás, isso me deu uma grande ideia.

Dona Madalena explicou o plano detalhadamente.

– Temos reserva para mais de cem pessoas. Com os penetras, podemos esperar mais de duzentas. Fazendo uma média de trezentos cruzeiros por cabeça, faturamos algo em torno de sessenta mil cruzeiros, com um lucro líquido de aproximadamente quarenta mil. Somando com o que ganharemos com as indulgências, o Marcelo paga as dívidas dele, eu pago as minhas, e ainda sobra um dinheirinho pro resto da equipe.

O resto da equipe considerou que aquela era uma divisão justa.

– Vou beber de graça e ainda saio com dinheiro no bolso – constatou Nepomuceno.

– Fora a participação nos lucros, ganharemos gorjetas – lembrou Venceslau. – Porque o Zezinho não vai dar conta de atender essa gente toda sozinho.

– Ainda não estou convencida de que esse negócio de vender perdões não é pecado – dona Vera resmungou.

– Quero deixar bem claro que não assumo a responsabilidade desses atos perante Deus Nosso Senhor.

– A Madalena já assumiu que a responsabilidade é toda dela – dona Violeta sossegou a amiga.

– E se você doar a sua parte para uma instituição de caridade, estará até fazendo uma boa ação – sugeriu dona Juarezita.

– Se ela doar a parte dela para uma instituição de caridade, com que dinheiro ela vai viajar com a gente para Buenos Aires? – lembrou dona Violeta.

– Isso é problema dela. A parte que me cabe é minha e eu não empresto para ninguém – dona Zélia foi avisando logo.

Marcelo permanecia incrédulo, buscando nexos, coerências e justificativas para o que era injustificável, incoerente e desconexo.

Disse a única coisa que lhe pareceu razoável.

– Está provado que não podemos acreditar nos nossos sentidos. Eu estou vendo a senhora, mas é claro que eu não estou vendo a senhora, a senhora entende?

– Não me venha com filosofia alemã numa hora dessas. Se você está me vendo é porque eu estou aqui.

– Isso contradiz qualquer pensamento racional sobre o mundo.

– Você prefere concluir que está louco?

– Acho que prefiro concluir que eu estou sonhando.

– E viva a metafísica! – bradou dona Madalena, antes de ir lá fora buscar o pobre do Gutemberg, que já devia estar cansado de esperar.

Paulo ia dirigindo.

– Você quer parar de correr?

– Você quer que eu vá mais devagar pra dar tempo para sua mãe fazer todas as misérias que ela pretende?

– Eu só não quero morrer num acidente de trânsito.

— Se você morrer, depois você volta. A sua mãe ensina o truque.

— Ela não ensina pra ninguém. Disse que isso é entre ela e os anjos.

— Eu já falei que você tem uma boca linda?

— Eu já falei que você é muito inconveniente?

— Pois você tem uma boca linda.

— E você é muito inconveniente.

— E assim que a gente despachar a alma penada, eu juro que vou lhe dar um beijo.

— Você quer parar de correr?

Paulo freou o carro em cima de um pedestre descuidado que atravessava a rua, apesar do sinal fechado.

Era o Bola.

Gutemberg não estava cansado de esperar.

Estava embaixo da marquise, pensando.

Pensou.

Pensou.

Pensou.

Concluiu que, na idade dele, quando se encontrava alguém como ela, da idade dela, valia a pena investir algumas horas de sua vida, mesmo que a sua vida estivesse por um fio, pendurada pela grave ameaça de não conseguir entregar o meia-esquerda ao técnico a tempo para o jogo.

Dona Madalena saiu do bar.

– O Paulo ainda não chegou. Vamos aproveitar para ter aquela nossa conversinha?

– Eu até começo a torcer para que ele demore bastante.

– Quer dizer que o cão na garrafa desistiu da Copa do Mundo por causa da Edith?

– A senhora ainda nem me falou o seu nome.

– Madalena.

– Posso lhe chamar de você?

– Eu quero todos os detalhes da história.

– Veja você, Madalena, eu não estou muito bem informado, mas o que se comenta é que a sogra dele era uma víbora.

– Não diga.

– No que se livrou da sogra, agora quer voltar para a ex-mulher. Lembra daquela vitória de 3 a 1 contra o Santos? Pois ele cismou que o time não tinha ganhado por causa do esquema tático do técnico, mas porque ele fez os três gols para ela.

– Que romântico!

– Mas ele precisa entender que uma coisa não exclui a outra. Ele que volte para a mulher, se achar melhor. Isso não impede que ele sue a camisa.

– Pelo contrário. Se ele voltar para ela, aí sim vai suar a camisa.

– Eu estou falando de futebol, Madalena.

– E eu estou falando do futuro da minha filha, Gutemberg.

– Como assim? – Aquele era realmente lento de raciocínio.

– Que tal a gente esperar o Paulo lá dentro? Eu estou louca por um uísque.

"E eu estou louco por você", ele pensou.

O carro morreu.

– Nesse passo não chegaremos nunca. Deixa eu ir dirigindo só hoje – Paulo implorou.

– Aí é que não chegaremos mesmo. Capotamos no meio do caminho – Edith ligou o carro de novo.

– É caso de espiritismo mesmo ou é apenas um tipo de perturbação mental? – Bola estava interessado era na notícia.

– Ambos.

– Minha mãe não é perturbada.

– Perturbada, chata, metida, egoísta e desalmada.

O carro morreu de novo.

– Desalmada é que ela não é, Paulo. Você não viu a alma dela em pessoa?

Você vai dar todas as informações pra amanhã ele publicar na primeira página "Fantasma aparece para se meter na vida da filha"?

– Boa manchete. Se bem que "Fantasma aparece" é mais curto e diz tudo – Bola anotou.

O carro morreu outra vez.

– Que tal esta: "Fantasma aparece na frente de todo mundo e ninguém pode fazer nada para impedir porque a filha dela dirige muito mal"?

– Eu não dirijo mal, eu sou cautelosa; é diferente.

O carro ainda morreu várias vezes antes de chegar ao seu destino.

As quatro fofoqueiras morreram afirmando que Gutemberg e Madalena tiveram um romance.

– Relógio suíço, minha filha.

– E charutos cubanos.

– Vai ver foi por isso que ela voltou.

– Pra ficar com o velho rico.

O velho rico foi apresentado apenas como colega do Paulo Jorge e a equipe de produção recebeu a recomendação expressa de que ele fosse bem tratado.

Essa não foi a única exigência de dona Madalena naquela noite.

Ela terminou aceitando ficar escondida na bagunça do escritório de Marcelo até o momento da sua apresentação, apesar de achar que merecia camarim mais digno da sua condição. Em compensação, fez alguns pedidos.

– Rosas vermelhas, cinco garrafas de champanhe, vinho francês, canapés variados, uma mesa de frutas com muitas cerejas, e uma estrela na porta com o meu nome.

– Eu não sabia que ela era famosa – Gutemberg comentou.

– Ela não era famosa. Vai ficar famosa agora, depois que morreu – explicou Venceslau.

– Como assim? – "lento de raciocínio" era apelido para ele.

Paulo, Edith e Bola entraram no recinto em boa hora.

Por mais que Gutemberg insistisse em discutir com Paulo a questão "você vai – eu não vou", ninguém lhe dava ouvidos.

"Foi só aí que eu comecei a perceber que algo estranho estava acontecendo", ele contaria mais tarde. "O que poderia ser mais importante até do que a Copa do Mundo?"

Ao verem o Bola, as velhas quase desmaiaram.

– Humphrey Bogart!

– Bem que a Madalena disse e a gente não acreditou.

– Se ela tivesse contado que convidou o senhor pra festa, eu teria ao menos colocado um salto mais alto.

O repórter deixava transparecer claramente que não estava entendendo nada.

– Deixem de ser burras! – lembrou dona Vera. – É claro que o Humphrey Bogart não entende português.

– O Humphrey Bogart morreu! – o "lento de raciocínio" já estava perdendo a paciência.

Envergonhadíssimo por não ter acreditado em Edith, Marcelo se desculpou.

– Ninguém, baseado em nenhuma lógica, teria acreditado sem ver.

Então, sob os protestos das velhas, acompanhou Edith e Paulo ao escritório.

Gutemberg e Bola foram junto, o que as quatro julgaram um desaforo maior ainda.

– Por que o Humphrey Bogart pode entrar e a gente não?

Tudo que era dito naquela sala foi sendo anotado pelo Bola em um bloquinho.

Algumas palavras foram sublinhadas ou abreviadas.

Observa-se pelas anotações que ele desconhecia o nome de Marcelo e se referiu a Paulo e a Gutemberg sempre pelas iniciais.

Segue a transcrição exata.

(Fantasma – para P. J.) – Você é realmente <u>a pessoa mais burra</u> que eu já conheci.

(Dono do bar) – Concordo plenamente.

(Fantasma) – Como é que você recusa um convite para jogar na seleção?

(Edith) – Seleção?

(Fantasma) – O <u>cretino</u> foi convocado pra Copa e resolveu que não vai pra ficar com <u>você</u>.

(O queixo do dono do bar caiu com a informação.)

(P. J.) – Não era a sra. quem dizia que eu vivia abandonando <u>a sua filha</u>?

(O queixo de Gut. caiu também.)

(Gut.) – <u>Filha</u>?

(Fantasma não responde. Continua brigando com P. J.)

(Fantasma) – Nesse caso é diferente. O país está em jogo, seu <u>cabeça de vento</u>.

(P. J.) – Eu resolvi que eu prefiro ficar com a Edith a ir pra Suécia e a sra. faça o favor de parar de se meter nas minhas decisões.

(Edith) – Você não pode fazer uma coisa por mim sem saber a minha opinião, Paulo.

(Gut.) – <u>A senhora então é a sogra do Paulo?</u>

(Parece que ele começa a entender.)

(Fantasma) – E na condição de sogra, exijo que ele vá à Copa e faça pelo menos quinze gols para mim. E de pênalti não vale.

(Gut.) – A que <u>morreu</u>?

(Entendeu.)

(Caiu duro pra trás.)

Os convidados começaram a chegar antes mesmo das sete.

Totalmente confusa com as últimas notícias, Edith já nem sabia o que pensar, e muito menos em quem. Pensava na mãe? Pensava em Paulo? Pensava em Marcelo? Pensava no que os outros iam dizer daquilo tudo? Pensava naquilo tudo? Ou numa coisa de cada vez?

Marcelo procurava uma explicação para o que estava sentindo. A essa altura dos acontecimentos, tinha perdido toda e qualquer esperança de continuar com Edith, mas não estava triste. Ou melhor, estava triste, sim, só um pouquinho. Mais triste por Paulo ter ganho aquela do que por ele ter perdido. Já estava acostumado a perder, só não podia perder completamente a razão, enquanto aquele impasse não se resolvesse. Dali a pouco, dona Madalena sairia do esconderijo para causar um pandemônio como nunca se vira naquela cidade, naquele país, naquele mundo dotado daquela lógica que até então ele achava que conhecia, virando o entendimento das pessoas de cabeça para baixo. E a culpa era dele, que havia concordado com aquilo tudo. E mais cinco convidados, e mais dois, e mais quatro, e ele já estava ficando desesperado, mas desesperado ficou realmente com a chegada do prefeito e sua elegante comitiva.

Tudo o que Paulo queria era que aquela palhaçada tivesse logo fim, Gutemberg e Bola desaparecessem do mapa, e chegasse a hora do beijo prometido à Edith no carro, e prometido a ele mesmo há tempos.

Assim que Artur dormiu (na cama da avó, como exigiu), dona Consolação correu para o quintal. Rezou para que seu espírito protetor a iluminasse. Independentemente do pedido, acendeu a luz de trás para iluminar a horta.

Saiu catando ervas.

Cogumelo-do-sol.

Angico.

Guavira.

Urucum.

Dente-de-leão.

Quebra-pedra.

Arruda.

Taiuiá.

Sabugueiro.

Unha-de-gato.

Sete-sangrias.

Urtigão-branco.

E, o mais importante, treze galhos de vassoura-vermelha.

— Quero mesmo ver se a danada não vai embora desta vez.

Confete não respondeu.

O bar esteve superlotado, estão aí de prova as colunas sociais publicadas no dia seguinte.

Homens puseram gravatas, mulheres exibiram chapéus, senhoras usaram estolas.

Bola registrou tudo com a sua moderna Kodak.

Gutemberg só se acalmou depois de uns quatro uísques.

Marcelo e Paulo não se acalmaram com nada.

Edith, cansada de pensar, resolveu entregar a Deus.

A equipe de produção do evento achou por bem atrasar a apresentação o máximo possível, para aproveitar melhor o extraordinário faturamento da casa.

Dona Juarezita, dona Vera, dona Violeta e dona Zélia passeavam pelas mesas se vangloriando da condição de secretárias de Deus.

– Precisando de alguma coisa, é só falar comigo que eu falo com a Madalena, ela fala com Ele e Ele resolve na hora.

Os mais incrédulos zombavam.

Alguns fiéis entregaram bilhetes para Santa Clara, São José, Santa Terezinha, sendo que o mais requisitado, como sempre, foi Santo Antônio.

– Anota aí, "para Santo Antônio", com o seu nome embaixo, senão eu vou confundir tudo – As secretárias iam guardando os papéis nas bolsas.

Foi por entender que aquilo já estava passando dos limites que Marcelo teve que engolir o seu orgulho e pedir socorro a Paulo.

– Você é o único aqui que pode me ajudar a evitar o escândalo.

– Ajudar eu ajudo. Mas que você joga mal, você joga.

Houve um breve debate sobre futebol, logo interrompido pela urgência de uma solução para se evitar um escândalo, problema maior do que fazer o gol ou chutar a bola fora. Nem um nem outro sequer se dirigiu a Edith. Ela comprovou, mais uma vez, o quanto todos achavam que ela não servia mesmo para nada e permaneceu ali, calada, observando a discussão dos dois.

– E se a gente mandar todo mundo embora com a desculpa de que tudo não passou de um mal-entendido?

– E você acha que as velhas birutas não vão levar essa fofoca até o fim?

– Quer dizer que nós estamos perdidos?

"Estamos", pensou Edith, "completamente perdidos", e olhou para Paulo, e olhou para Marcelo, e então se deu conta de que esteve sempre perdida entre ela e a outra ela, duas tontas, e que era chegada a hora de alguém tomar alguma atitude, ela, ou a outra, ou as duas, não dava para continuar eternamente perdida, pensando.

Deixou os dois lá discutindo e se dirigiu ao camarim improvisado da mãe.

Dona Madalena estava decorando o seu discurso.

– Desculpe, mas eu não posso ser interrompida agora.

– Desculpe, mas você vai ser interrompida.

Edith entrou no camarim improvisado da mãe e, calmamente, se sentou em uma cadeira.

– Se for para me demover da ideia, está perdendo o seu tempo.

– Eu já perdi tanto tempo na minha vida que este aqui não vai fazer a menor diferença. Perdi anos chorando pelo Paulo porque você me convenceu a deixá-lo ir embora. Perdi meses namorando o Marcelo porque você botou na cabeça que ele era o marido que você queria pra mim. Perdi dias pensando no que é que eu queria. Qual era a minha opinião. Quem era eu. Pra que é que eu servia. Eu servia? Pra quem?

– Não seja dramática, Edith.

– Até quando você vai me mandar não ser isso e ser aquilo?

– Até você aprender a viver sem mim. Como eu já consegui provar que milagres acontecem, só nos resta esperar que aconteça outro.

– E se milagres acontecem, quem sabe você não descobre que não é a dona do mundo?

– Tudo bem que eu me enganei em relação ao Paulo Jorge. Reconheço. Ele não é tão pateta quanto eu julgava. Mas no resto eu estava certíssima. O meu plano funcionou até aqui. Nós vamos conseguir o dinheiro para pagar a dívida do bar e resolver o problema do Marcelo.

– O problema do Marcelo é do Marcelo. E não é só a dívida do bar. É a vida dele, que ele tem que resolver como quiser. Será que é tão difícil entender algo tão simples?

– Simples pra você, porque as burradas que vocês fazem acabam sempre caindo em cima de mim.

– É só a gente que faz burrada. Esse seu plano aí é de uma perspicácia surpreendente e denota uma refinada sabedoria da sua parte.

– Vai dizer que não é?

– Por um lado. Você não vai ser presa por comércio ilegal de indultos porque não existem ainda legislações para almas.

– Exatamente.

– Por outro lado, sua imagem vai ficar meio arranhada.

– Eu não ligo pra essa bobagem de imagem.

– Talvez o seu neto ligue. Talvez ele um dia tenha vergonha de ter tido uma avó que vai ser lembrada eternamente como uma fantasma trapaceira.

– Eu não posso desistir agora, depois que as meninas espalharam para a cidade toda que eu ia aparecer. Vai ficar até mal pra mim.

– Eu acho que também vai ficar mal pra você se você não desistir.

– Quem neste mundo poderá provar que eu não consegui os perdões com Deus, como prometi?

– Ninguém. Mas todo mundo vai desconfiar que o dinheiro não foi pra Deus. O que é que Deus ia fazer com esse dinheiro? Logo, o dinheiro foi desviado pra alguém.

— Imagina se eu ia desviar dinheiro pra mim. Eu só estou fazendo isso pelo Marcelo.

— Se descobrirem que o dinheiro foi desviado para o Marcelo, também vai ficar meio mal pra ele. E, só para avisar, tem até repórter lá fora.

— Tudo bem. Eu esqueço as indulgências. Tem gente que paga ingresso pra ver fantasma no cinema, porque não pagariam pra ver um ao vivo? Eu cobro apenas um cachê pela minha aparição. Um *couvert* artístico. Está bom para você assim?

— Não. Mas você é quem sabe. Afinal, você sabe de tudo. Isso é só a minha opinião.

Edith saiu dali aliviada.

Ficou provado que ela tinha alguma opinião, mesmo que não servisse para nada, como todos achavam.

Dona Consolação vestiu sua saia bordada.

Blusa branca.

Adorno de plumas.

Pintura na cara.

Balangandã.

Acendeu sete velas, uma para cada paraíso.

A água santa era para calar a boca do inferno.

A fogueira era em homenagem aos pobres dos encarnados.

A dança era para divertir as almas.

As flores brancas eram só enfeite.

Uma Ave-Maria para esquentar.

"Maiteípa María,

ne renyhéva Ñandejára remime'êguí,

Tupã oî ne ndive.

Nde há'e imomembe'upyrã kuña kuéra apytépe,

ha imarangatu etéva oúva nde retepype ne memby Jesús.

Santa María, Nandejára Sy Eñembo'e

ore rehe angaipavóra,

ko'ãga ha romano aguîme.

Ta upéicha kena".

Confete assistiu ao culto, quietíssimo.

Gutemberg, dividido entre os seus dramas profissionais e os pessoais, achou por bem esperar mais um pouco para testemunhar o resto da loucura. Bola, que tinha um furo de reportagem nas mãos, não perdia uma anotação. A equipe de produção trabalhava feito louca. Lá pelas tantas, a plateia ansiosa clamou o início do milagre com palmas e assovios. As quatro velhas discutiram quem iria subir no palco para anunciar o show.

— Eu falo muito melhor do que vocês.

— Eu já nasci com o dom da oratória.

— Mas eu até já tinha preparado a minha apresentação!

— Tiramos no par ou ímpar?

Deu dona Juarezita.

Todas as pessoas ouvidas posteriormente repetiram este parecer:

Nunca se viu plateia tão excitada.

Nunca se viu Marcelo tão envergonhado.

Nunca se viu Paulo tão fulo da vida.

Nunca se viu Edith tão pálida.

Nunca se viu dona Juarezita tão exibida.

– **É chegada** a hora tão esperada por todos nós. Fomos agraciados por Deus para presenciar um milagre e eu fui a escolhida pelo destino para apresentá-lo a vocês. Tenho o imenso prazer de chamar neste palco, ao vivo e em cores, Maria Madalena Teresa de Jesus Rita de Cássia Santana!

Houve uma pequena pausa.

Todos olhavam fixamente para o palco.

Os taquicárdicos mal respiravam.

Bola fotografou tudo.

– Maria Madalena Teresa de Jesus Rita de Cássia Santana! – dona Juarezita repetiu, levemente preocupada.

E ninguém piscava.

Fora a chuva caindo, não se escutava nenhum outro som. A fumaça dos cigarros passeava em torno da expectativa que pairava no ar.

Alguém tossiu.

E nada.

– Maria Madalena Teresa de Jesus Rita de Cássia Santana! – dona Juarezita repetiu, preocupadíssima.

Paulo, Edith e Marcelo se entreolharam.

Dona Vera, dona Violeta e dona Zélia correram até o camarim.

Abriram a porta.

– Madalena?

Não havia lá dentro uma alma viva sequer.

Nepomuceno e Venceslau contaram, depois, que as vaias começaram tímidas.

Os menos intolerantes evitaram o quebra-quebra.

Marcelo gritou que ninguém ia pagar a conta e assumiu o prejuízo.

Paulo virou um uísque em homenagem ao desaparecimento da morta.

Edith só chorou bem pouquinho.

Muitos estavam decepcionados.

Muitos outros ensaiaram o "eu não disse?" que lhes traria a glória de profetas.

Gutemberg se entristeceu de verdade.

Bola resmungou "perdi um furo".

Dona Juarezita sentiu-se pessoalmente ofendida.

Dona Zélia disse que o pior de tudo foi o passa-fora que levou do prefeito.

Dona Violeta jogou na cara das outras "quem mandou ir atrás da cabeça da Madalena?".

"Benfeito pra gente", dona Vera apoiou a amiga.

– Tudo procede de Deus e a Ele tudo retorna.

O culto chegava ao fim.

A dança sagrada também.

Confete mantinha a orelha em pé.

Era o momento de agradecer a graça alcançada com uma oferenda.

Dona Consolação tirou do pescoço o colar de coral herdado da avó, que herdara da avó, que herdara. Olhou para o centro do firmamento, onde moravam seus deuses, e orou.

"*Karai, Jakairá, Ñamandu, Tupã y Nhanderú etê, Vy'a, vy'a, vy'a, Aryryi. Kupi'i. Ovai.*"

A chuva, que caía há dois dias, de repente, estancou.

O cachorro tremeu.

A celebrante, injuriada, botou as mãos na cintura.

– Tupã, o senhor ficou surdo, foi? Eu pedi pra alguém vir daí buscar a alma de dona Madalena, e não para parar de chover.

Todos os convidados já haviam se retirado. Restavam no bar apenas os amigos mais próximos e a família.

Dona Violeta olhou pela janela e contou a nova.

– Parou de chover.

– Graças a Deus, podemos ir para casa dormir.

– Já perdemos tempo demais.

– Até minha novela eu perdi!

Venceslau fez uma ponderação procedente.

– Está certo que ela furou com a gente e foi-se antes do combinado, porém ninguém pode tirar o seu mérito de ter conseguido voltar do outro mundo.

Nepomuceno acrescentou.

– E essa não foi a primeira vergonha que a Madalena nos fez passar na vida.

– E nem será a última – Madalena subiu no palco espetacularmente.

Bola fotografou a aparição de todos os ângulos possíveis.

Desculpe eu aparecer na frente do Bolão, Edith, mas eu não podia ir embora sem resolver o mais importante.

Passou pela cabeça das velhas matar a desgraçada, caso ela já não estivesse morta.

– Como é que você tem coragem de aparecer assim?

– Depois de tudo o que fez com a gente?

— Me mandou convidar todo mundo e deu no pira!

— E a vergonha que eu passei quando você não apareceu?

— Quem mandou vocês acreditarem em história de fantasma? — Madalena deu de ombros.

Artur sonhou com visões fantasmagóricas, todas elas sem-graça, e acordou assustado com o aparecimento do gordinho no sonho.

Foi procurar ajuda.

Encontrou dona Consolação devidamente paramentada e riu.

O menino, quando virou homem feito, falou que nunca esqueceu o cheiro daquela noite.

Cheiro de terra molhada.

Cheiro de ar chovido.

Cheiro de fumaça.

Cheiro de cogumelo-do-sol, angico, guavira, urucum, dente-de-leão, quebra-pedra, arruda, taiuiá, sabugueiro, unha-de-gato, sete-sangrias, urtigão-branco e vassoura--vermelha, tudo misturado, resultando num cheiro só, cheiro de mato, pois não era do conhecimento do menino o nome de todas aquelas ervas.

— Tenho que confessar que sou uma velha feiticeira da pior qualidade — dona Consolação resmungou. — Só me resta apelar para o feitiço maior de todos os feitiços.

– Que feitiço é esse?

– Você há de conhecê-lo quando se apaixonar por uma mulher.

Confete deu um latido que sumiu na noite.

Quem quebrou o silêncio então foi dona Consolação, com seu canto, *porayvua, porayvua, porayvua,* cantando bem alto para que as almas saudosas pudessem ouvir lá de cima.

As quatro velhas ficaram furiosas por terem sido excluídas da reunião realizada em caráter de emergência no escritório do Marcelo, e foram embora para suas casas.

Venceslau e Nepomuceno também foram barrados, mas nem por isso interromperam a baixa que estavam dando, copo por copo, no estoque de bebidas. Afinal, seria muito mais fácil carregar garrafas vazias do que cheias, na desocupação do bar que fora adiada para a manhã seguinte.

Nos momentos que antecederam a reunião, Paulo e Edith travaram o seguinte diálogo.

– Você vai.

– Não vou.

– Eu já disse que você vai.

– E eu já disse que não vou.

– Você vai sim. Eu espero por você.

– Quem não quer mais esperar sou eu.

– Isso é uma doidice.

– O que é que eu posso fazer se eu sou doido por você?
– Ele tentou beijá-la. Ela se afastou.

– Eu só volto pra você se você prometer que vai pra essa Copa.

– Você vai voltar pra mim, mas eu não vou para Copa nenhuma.

– Pra eu ficar culpada porque você não vai por minha causa?

– Você é uma boa causa. A outra é que é ruim.

– Que outra?

– Só digo se você me der um beijo.

– Pelo visto eu vou morrer sem saber.

Madalena, Gutemberg, Bola, Paulo, Edith e Marcelo sentaram-se em volta da mesa.

Bola, mais uma vez, anotou tudo.

(Fantasma) – Em primeiro lugar eu quero <u>deixar bem claro</u> para o Marcelo que não virei a casaca. O meu objetivo é solucionar <u>um impasse de caráter nacional</u>. Depois, com quem a Edith vai ficar, isso é lá com ela.

(Edith) – Grata pela prerrogativa de decidir esse detalhe.

(Gut.) – E o nosso impasse, dona Madalena?

(Fantasma) – Eu convenço o Paulo a ir para a Copa, a CBD fica me devendo esse favor, me paga com um pequeno

empréstimo, eu empresto o empréstimo para o Marcelo, ele paga as dívidas do bar, o Paulo vai para a Suécia, eu não pago o empréstimo à CBD, pois, não sendo mais pessoa física não posso ser responsabilizada legalmente por minhas dívidas, e assim fica tudo resolvido.

(Gut.) – Quanto é que vocês precisam para saldar a dívida?

(Dono do bar) – Eu não posso aceitar um empréstimo da CBD!

(Gut.) – É <u>o meu emprego</u> que está valendo. Se a sra. convencer o Paulo, eu posso fazer um empréstimo pessoal.

(Fantasma) – Empréstimo aceito. Qual é mesmo o valor, Marcelo?

(P. J.) – Ele disse que emprestava o dinheiro se a sra. me convencesse e a sra. não me convenceu.

(Edith) – E o Marcelo também não pode aceitar o dinheiro de um estranho.

(Dono do bar) – O estranho é um dos homens mais importantes da comissão técnica da Seleção Brasileira, Edith.

(Fantasma) – Vocês querem parar de atrapalhar a reunião?

(Edith) – Não é uma reunião sobre futebol?

(Fantasma) – É. Aliás, era. Já que solucionamos o impasse, dou por encerrada a reunião.

(P. J.) – Apenas um detalhe: eu <u>não vou para a Suécia</u>.

(Gut.) – Vamos recomeçar tudo outra vez?

(Fantasma) – Essa parte eu já resolvi, Paulo Jorge. A Edith e o Artur vão com você.

(Edith) – Alguém quer ouvir a minha opinião?

(Ninguém quis.)

(Fantasma) – Só falta um pormenor. Quem vai bancar a passagem deles é o Gutemberg, <u>que é rico</u>, ou a CBD, que vai ser a maior beneficiada com tudo isso quando o Paulo ganhar essa Copa pra gente?

(P. J.) – Eu não vou ganhar essa Copa. Esta noite, dormindo no seu sofá, vai ver por isso mesmo, eu tive um <u>pesadelo</u> horrível.

(Fantasma) – Você e seus sonhos premonitórios!

(Edith) – Eu só queria informar aos presentes que ele sonhou que eu me chamava Edith, antes de saber o meu nome.

Paulo começou a contar o seu pesadelo sem ter ideia de quantas vezes ainda teria que repeti-lo, palavra por palavra, sempre que fosse requisitado.

Nessa versão, registrada no bloquinho do Bola, ele não forneceu detalhes que viria a acrescentar posteriormente, só depois que eles aconteceram de fato.

(P.J.) – A Seleção chegava às quartas de final.

(Gut.) – Eu sabia!

(P.J.) – A gente ia jogar contra o País de Gales numa cidade chamada Gutemberg.

(Dono do bar) – Gotemburgo, você quer dizer.

(P. J.) – Algo assim.

(Fantasma) – Você vai conhecer Gotemburgo, Edith!

(P. J.) – Vinte e seis minutos do segundo tempo e o jogo continuava zero a zero.

(Dono do bar) – É a retranca inglesa.

(P. J.) – Então o Didi me passava a bola, eu driblava os dois zagueiros e chutava no canto esquerdo.

(Gut.) – Lindo!

(P. J.) – Mas o goleiro defendia.

(Dono do bar) – Kaelsey. O nome do goleiro do País de Gales é Kaelsey.

(Gut.) – E aí?

(P. J.) – Aí o Brasil era eliminado por minha causa.

(Dono do bar) – O Pelé jamais perderia um passe do Didi desse jeito.

(Fantasma) – Jamais. Se fosse o Pelé, chutaria no canto direito.

(Gut.) – Pelé?

Terminada a reunião, Bola conseguiu uma entrevista exclusiva com a fantasma.

– Qual foi a sua primeira visão, assim que morreu?

– As gotas de chuva na janela.

– Como é que a senhora conseguiu voltar?

– Isso é entre mim e os anjos.

– E como é que a senhora conseguiu esse corpo?

– Isso é entre mim e o meu professor de ginástica.

– Deus existe?

– Isso é entre mim e Nietzsche.

– A senhora falou que veio com a missão de salvar o mundo. Pretende fazer alguma coisa pelas vítimas da seca do Nordeste?

– Isso é entre mim e São Pedro.

– O que a senhora acha da convocação do Paulo para a Seleção Brasileira?

– Isso é entre mim e o Gutemberg. Sendo que primeiro eu preciso confabular um pouco com o Marcelo.

Enquanto Marcelo e dona Madalena confabulavam, não podiam imaginar que Paulo cumpria sua promessa, trancado com Edith no banheiro feminino.

Ali, trancados, Paulo e Edith fizeram o que todos os casais fazem entre quatro paredes.

Se beijaram.

Se abraçaram.

Se xingaram.

Trocaram confissões.

– Eu menti pra você.

– Mil vezes. Pensa que eu não sei?

– Mil e uma. Eu não sonhei que o seu nome era Edith.

– Você sonhou que o meu nome era qual?

– Eu não sonhei com o seu nome. Eu já sabia que você se chamava Edith quando convidei você pra dançar naquela noite.

– Às vezes eu tenho ódio de você, Paulo Jorge.

– É que se eu não conquistasse você, eu morria.

– Mil e duas.

– Essa não é mentira. Está mais do que constatado. A vida sem você não tem graça nenhuma.

– Mil e três?

– Agora eu sou um homem que cumpre as suas promessas e só fala absolutamente a verdade. Eu não disse que ia dar um beijo em você?

– Mas me deu dezenove, Paulo. Eu estou contando tudo.

– Com mais este, vinte.

Por eles, ficariam para sempre ali, aumentando o placar, não estivesse a vida lá fora continuando a correr com suas dificuldades naturais, incluindo uma sobrenatural, talvez a mais difícil de todas.

Para evitar mais um escândalo, decidiram que Edith sairia na frente e despistaria a plateia.

Marcelo e dona Madalena maquinavam, sentados no balcão.

— Eu tenho uma coisa pra falar com vocês — Edith interrompeu.

— É sobre a escalação da Seleção Brasileira?

— Não. É sobre o meu namoro com o Marcelo.

— Então, com licença. Primeiro que eu só tenho cabeça pra goleiro, zagueiro e atacante. Segundo que isso não me diz respeito. É assunto de vocês.

Dona Madalena deixou os dois sozinhos.

Passou pelo pensamento de Edith que a vida realmente era bem mais fácil com a mãe decidindo tudo por ela.

Passou pelo pensamento de Marcelo que mais uma vez ele estava ali, feito um besta, aguardando determinações alheias sobre o seu destino.

Ela já havia ensaiado dizer aquilo por carta, por telefone, por gestos, por telepatia, e nunca sabia por onde começar.

Ele sabia que ela não sabia. Por isso quis ajudar.

— Por que você não começa pelo fim? Você diz "fim", eu digo "tá" e acabou-se.

— A gente não pode acabar assim. Eu preciso explicar para você os meus motivos.

— Os seus motivos eu conheço de cor, Edith. Acontece que eu cansei de esperar que a minha vida começasse por iniciativa própria, e vou começar por ela. E vou começar pelo fim. Eu digo "fim", você diz "tá" e acabou-se;

— Até isso você vai fazer por mim?

– Você está ficando cada vez mais igual à sua mãe. Pensa que tudo o que acontece é por sua causa. Desta vez, é nos meus motivos que eu estou pensando.

Ela riu.

– Até que não é um mau negócio se livrar de uma segunda versão da dona Madalena.

– Eu tenho pena é do Paulo.

– Marcelo!

Quem riu foi ele, dessa vez.

– Mas confesso que também tenho inveja. Até você virar uma velha fantasma, ele ainda vai ter muito o que aproveitar.

É inegável que a primeira versão de dona Madalena estava se esforçando para não se meter na vida de todo mundo. Recaídas, porém, acontecem. Ela não ia deixar os dois coitados lá sem saber como terminaria aquela conversa.

– Agora quem vai dar licença é você, Edith. Eu e o Marcelo temos uma missão importantíssima pela frente. E você, Paulo Jorge, pode sair logo daí, ou vai ficar escondido a noite inteira? – gritou em direção ao banheiro feminino, para resolver mais um probleminha que tinha ficado pendente.

– **O bar** é meio mais ou menos. Mas o dono não é bobo. O camarada entende tudo de futebol. – Bola comentou com Gutemberg.

– Ele pode ficar com o meu cargo na comissão técnica, depois que eu for demitido pelo Vicente.

– Perdemos um jogador, em compensação ganhamos uma notícia espetacular, fotos e entrevista exclusiva.

– E eu perdi o emprego, em compensação ganhei mais uma dor de cabeça.

– Você quer um analgésico?

– Dor de cabeça de mulher não passa com analgésico.

– Quer dizer que você e a velha...?

A velha e Marcelo interromperam o colóquio.

O rosto de Gutemberg se iluminou com a aproximação da sua dor de cabeça, que como toda mulher já chegou falando.

– O time está escalado. Gilmar, Djalma Santos, Bellini, Orlando, Nilton Santos, Zito, Didi, Garrincha, Pelé, Vavá e Zagalo.

– O Pelé ainda é muito inexperiente.

– Mas tem sede de jogo – Marcelo defendeu a escalação.

– E Deus mandou dizer que é melhor assim – Dona Madalena deu por resolvida a questão.

Anotações do Bola:

(Gut.) – Pelé na meia-esquerda.

(Dono do bar) – Eu não tenho a menor dúvida.

(P. J) – Eu também acho.

(Fantasma) – E depois, convenhamos, o Pelé joga muito melhor do que você, Paulo Jorge.

(Edith) – Eu não acho.

(Gut.) – E o esquema tático? Indico um 4-3-3?

(Dono do bar) – Eu optaria por um 4-2-4.

(Edith) – Eu gosto mais desse. Adoro número par.

(P. J.) – Tudo definido? Podemos ir para casa?

(Gut.) – Se tudo der certo, e eu conseguir convencer o resto da comissão, estarei feito.

(Dono do bar) – Com Pelé na meia-esquerda e Garrincha na direita, o Brasil estará feito.

(Gut.) – Mas o Garrincha trava muito a bola!

(Fantasma) – Você não entende nada de futebol.

Já era bem mais de uma da manhã quando as pessoas foram deixando o bar.

Bola pediu uma indicação de hotel e para lá seguiu. Precisava começar a escrever sua matéria bombástica.

Paulo e Edith necessitavam urgentemente tirar um antigo atraso.

– Não tranquem a porta. Eu só vou tomar mais uns três ou nove uísques e daqui a pouco chego – dona Madalena pediu aos dois.

Marcelo, Nepomuceno e Venceslau começaram a empilhar as cadeiras. Teriam uma madrugada de trabalho pela frente para desmontar o bar.

— Podem ir desempilhando tudo. Eu gostei daqui — ordenou Gutemberg.

— Eu também gosto daqui, mas tenho que entregar a chave do imóvel amanhã cedo.

— Você já pensou em vender o bar? — Gutemberg sugeriu.

— Pensar eu pensei, só não encontrei quem quisesse esta espelunca.

— Acabou de encontrar — Dona Madalena apontou para Gutemberg.

— Eu precisaria arranjar um bom gerente.

— Acabou de arranjar — Dona Madalena apontou para Marcelo.

— Ele já tem outro compromisso.

— Que compromisso?

— Ir comigo para a Suécia como meu assessor particular.

Marcelo não conseguiu agradecer o convite, nem perguntar o salário, nem negociar contrato. Teve a sensação de que o juiz finalmente tinha apitado.

A partida da sua vida estava para começar.

E, como diria Didi, "treino é treino, jogo é jogo".

Desta vez era pra valer.

— Suécia? Eu?

— Dezoito dias é tempo suficiente pra você se preparar pra viagem.

Venceslau e Nepomuceno olharam um para o outro, e então para Gutemberg.

— O senhor aceitaria dois bons gerentes em vez de um?

Edith e Paulo chegaram em casa de mãos dadas, como muito antigamente.

Confete comemorou com o rabo.

Encontraram Artur no quintal com dona Consolação.

— Cadê a reencarnada?

— Ficou no bar bebendo.

— Duas da manhã e a vovó enchendo a cara.

— Duas da manhã e você ainda acordado — Edith reclamou.

— Tenho eu culpa se o danado é teimoso feito a avó? Diz que só dorme com alguém cantando pra ele. Eu aqui me acabando de cantar e ele não se contenta com uma!

— Um monte de música triste pra falar com alma de outro mundo! — o menino se justificou.

Paulo constatou que o filho fora entregue a um bando de mulheres malucas, "cheguei em boa hora", e levou Artur em seus braços.

— Eu boto você pra dormir.

— Você não sabe cantar.

— Eu aprendi. Hoje à tarde. Uma música linda.

— Mas tem que ser em francês.

— É que em francês não existe a palavra "saudade".

Edith e Paulo deixaram a empregada lá com seus balangandãs, suas almas saudosas e o cachorro, e subiram as escadas com o filho.

Há muito tempo Artur não dormia entre o pai e a mãe.

Por isso, quem sabe, dormiu tão rapidamente.

Edith levou o vigésimo primeiro beijo daquele dia.

Pôs-se a conferir no pensamento como a ordem, ou a desordem das coisas, não parava de mudar desde a véspera.

Morte, encontro, fantasma, desencontro, vida, reencontro.

— As duas Ediths fizeram as pazes.

— Que duas Ediths?

— Eu e a outra. Fazia tempo que a gente não entrava em acordo. Será que eu virei uma Edith só, de repente?

— Tomara que não.

— Posso saber por quê?

— Porque quanto mais Ediths eu tiver pra beijar, melhor pra mim, é óbvio.

Então ele se jogou em cima dela.

E nenhum dos dois jamais contou o que se passou naquela cama.

Mas dá pra imaginar, sem muito esforço.

Um galo cantou.

A noite caiu.

Nepomuceno também.

Venceslau cochilou.

Marcelo tomou a última, afinal ia parar de beber e dar um jeito na vida.

— Eu levo você — Gutemberg sussurrou no ouvido da amada.

— Eu sei o caminho — a amada retrucou.

— Um cavalheiro não deixa uma dama voltar sozinha para casa.

— Eu voltei sozinha do céu, imagina se não ia saber voltar daqui do bar.

Após alguns "não precisa se incomodar", "mas eu faço questão" e frases do gênero, ela acabou por se convencer.

Estava morta de cansada.

Os dois pegaram um táxi.

— Por que você não me contou que tinha morrido?

— Essas coisas não se contam no primeiro encontro.

O fim da chuva revelou uma lua insistente.

— A senhora veio mesmo a calhar! — dona Consolação cumprimentou a aparecida. — Agora sim descobri por que Tupã mandou parar de chover.

Daí explicou para Confete que só mesmo a Lua, ajudante de Rudá, Deus do amor, era capaz de despertar a saudade de um amante ausente e trazê-lo de volta.

Combinou com o cachorro as próximas etapas do culto.

— Já que você não sabe guarani, eu canto e você uiva.

Ele deve ter entendido a explicação do modo dele, ou os vizinhos não teriam reclamado posteriormente que não conseguiram dormir a noite inteira por causa do que eles chamaram de "macumba misturada com ganido".

Chatice da vizinhança.

Rudá, Rudá,

Iuaká pinaié

Cairé, cairé

Catiti, catiti

Urutau

A cada palavra dita, Confete esquecia sua condição de simples vira-lata e uivava com tanta competência que até parecia um lobo da Eslováquia.

O táxi parou na rua dos Flamboyants, 418, em plena luz da aurora.

— Você não vai me convidar para tomar um café?

— Você está se referindo a um café, café, ou isso é uma metáfora?

— O que é metáfora?

— Verbete do grego *metaphorá*, pelo latim *metaphora*, que designa o emprego das palavras em sentido figurado.

— Entendi! É quando a pessoa quer dizer uma coisa e diz outra?

— Até que você não é tão ruim em semântica.

— O que é semântica?

— Você vai realmente precisar do Marcelo como assessor.

– O café era uma metáfora, Madalena. O que eu queria dizer era: posso entrar na sua casa, ou melhor, na sua vida?

– O motorista do táxi disse que nunca levou um susto tão grande como naquele instante em que um senhor, barba--e-bigode, apareceu do nada.

– Quem é esse seu amigo?

– Gaspar, Gutemberg. Gutemberg, o meu marido.

– O que morreu?

– Eu só tive um marido na vida, Gutemberg. Esse.

– Dois fantasmas só com dois comprimidos.

O motorista do táxi se manteve pensativo por uns instantes.

Continuou sem ter a mínima noção do que estava acontecendo.

Pediu ajuda a Gutemberg.

O cidadão ali por acaso é mágico?

– Não queira entender, meu amigo. Eu, por exemplo, já desisti de entender essa história ha muito tempo.

Quando se tem muitos anos de praça, a gente acaba descobrindo que tem coisa que não dá mesmo pra entender. Eu, se fosse ela, teria preferido o senhor ao velho barbudo.

– Isso é uma metáfora? – Gutemberg perguntou, ressabiado.

– O que é metáfora?

– Enquanto eles debatiam semântica, Madalena e Gaspar conversavam dentro do carro.

– Como é que você veio parar aqui?

– Isso é entre mim e os anjos.

– E você veio até aqui pra quê?

– Pra acabar com esse negócio de você viver sem mim.

Posteriormente, Gutemberg confirmou que beijo de fantasma é igualzinho a beijo de gente.

E terminou admitindo que ficou um pouco enciumado com a constatação.

Gaspar, um tanto desconfiado, ficou ali observando a despedida.

– Você não quer tomar aquele café antes de ir? – Dona Madalena ofereceu.

– Fica pra outra vez. Amanhã eu vou ter um dia muito complicado – Gutemberg se desculpou.

– Pela cara do Paulo e da Edith quando saíram do banheiro do bar, eu acho que o sofá deve estar vago. Se você quiser dormir aqui...

– Eu fico com o Bola no hotel. A gente vai precisar acordar cedo para pegar o primeiro avião. Trata-se de um jogo oficial. Ainda se fosse um amistoso.

– Então avisa pro Balão que eu roubei o filme da máquina dele, além do bloquinho de anotações.

– Como é que você fez isso?

– Isso é entre mim, o Venceslau e o Nepomuceno. Eu não podia deixar publicarem a minha foto com esta roupa ridícula de alma penada no jornal.

– Eu acho que você fica muito bem com essa roupa. Mas vou acabar me conformando que seria mesmo impossível entrar na sua vida.

– Inclusive porque eu não tenho vida desde que morri.

– Isso era uma metáfora, Madalena.

Os dois se abraçaram.

O motorista ligou o motor do táxi.

Madalena fez uma última ameaça.

– Se você ou o Balão contarem pra alguém tudo o que aconteceu, juro que eu venho puxar o pé de vocês todas as noites.

Gutemberg também fez uma última pergunta, antes de partir.

– Você tem certeza que o Pelé é melhor do que o Paulo?

– Nunca questione os mandamentos de Deus.

– Lembrando ainda que Deus não é sueco – Gaspar acrescentou.

Dona Consolação assumiu que estava espionando, sim, afinal queria saber se seu apelo às almas saudosas tinha dado certo.

Disse ela que Madalena e Gaspar entraram em casa silenciosamente.

Subiram as escadas.

Estavam todos dormindo, menos Confete, que fez muita festa para o dono.

Gaspar quis conhecer o neto.

– Impressionante como é parecido comigo – disse, enternecido.

Em seguida pediu para ver a filha.

– Impressionante como ela está parecida com você – disse, apaixonado.

Abraçou a mulher.

Abraçou mais um pouquinho.

É claro que ela estava se derretendo toda, mas também não podia perder aquela oportunidade, caída do céu, de reclamar dele.

– Você não acha de mau gosto dois fantasmas velhos se agarrando na frente da menina?

– Então vamos logo que eu estou morrendo de saudade – ele sussurrou no ouvido dela.

– E vamos para onde?

– Para o nosso paraíso. E pode esquecer esse negócio de descanso eterno, pois eu não vou deixar você em paz tão cedo.

Apesar de todas as controvérsias a respeito do caso, está praticamente comprovado que Madalena e Gaspar estiveram ali, naquela madrugada, ou não teriam deixado este bilhete, que ficou todos estes anos guardado numa caixa florida no armário de Edith, junto com o bloquinho de anotações do Bola, os panfletos publicitários das velhas e outras lembranças.

Crianças,

Estou indo com o Gaspar.

Façam o favor de cuidar bem do Confete, trancar a porta, verificar o gás, não desperdiçar água, mandar consertar o abajur, colocar comida para os vira-latas da rua, não cometer burradas e, quando forem fazer o ovo mexido do Artur, não se esqueçam de tampar a frigideira.

No mais, quero crer que vocês vão conseguir se virar sem mim.

Estarei torcendo lá de cima pela felicidade de vocês, pelo Garrincha, pelo Pelé e contra o Kaesley.

Assim que chegar, pedirei pessoalmente a Deus por cada um, mas avisem às velhas fofoqueiras que, se elas saírem fofocando essa história por aí, juro que peço para Ele só mandar jogo ruim para elas.

Madalena

PS. Ia esquecendo de contar o meu argumento infalível. Anjos gostam de beijos. E todos os cinquenta beijos que eu prometi provocar na minha breve estada, todos eles foram devidamente efetivados entre Paulo e Edith, sem contar com os cinquenta e um que o Gaspar me deu (Gaspar 51 x Paulo 50), e mais esses que eu deixo para todos, incluindo até a Zélia e o Balão.

PPS. Se é que milagres acontecem, tenham juízo.

THE END